어쩌다 기자가 된 사람을 위한

쉬운 기사 작성법

어쩌다 기자가 된 사람을 위한
쉬운 기사 작성법

신성민 지음

좋은땅

어쩌다 기자가 된 모든 분들께

후배들을 교육하기 위해 만든 교재를 가다듬어 이 책을 썼다.

언론과 아무 인연이 없다고 생각하며 살았지만 우연히 기자가 됐고, 이런저런 풍파를 겪었다. 돌이켜보니 알 수 없는 힘에 떠밀려 다닌 느낌이다.

책을 내기까지 고민이 많았다. 무엇보다 깊고 넓은 저널리즘 바다에서 발 한 번 담근 수준도 못 되는 경험으로 이러쿵저러쿵 입을 연다는 사실이 부끄러웠다. 지금도 땀 흘려 취재하며 정론직필의 사명을 다하는 기자분들께 행여나 누가 될까 봐 조심스러웠다.

그러나 "반드시 대단한 사람이 되어야 책을 쓸 수 있는 건 아니"라며 "그런 생각이 사회 도처에 만연한 순혈 엘리트주의를 강화할 수 있다"는 동료의 조언을 듣고 용기를 내어 출간을 결심했다.

세상에는 많은 직업이 있다. 같은 직업군 내에서도 여러 층위가 존재한다. 한 점에 수십억 원을 호가하는 명품

시계를 만드는 사람이 있는 반면, 만 원짜리 보급형 시계를 만드는 사람도 있다. 스포츠 시계를 제작하는 시계공도 있고, 드레스 워치를 만드는 장인도 있다. 60억 소비자마다 각기 다른 취향과 용처를 지녔는데, 시계라고 한들 어찌 다양하지 않겠는가. 꼭 최상위 명품을 만드는 장인만 시계에 대해 말할 수 있는 건 아니다. 좁은 다락방에서 값싼 부품을 조립하는 시계공도 자신의 경험과 생각을 나눌 수 있다. 이 책은 그런 마음에서 썼다.

기자는 자격증이 없다. 하지만 전문직으로 취급받는다. 여론을 형성하고 역사를 기록하는 무거운 소임을 맡고 있기 때문이다. 강자를 견제하고 약자를 도와 사회 균형을 유지하는 역할도 수행한다. 따라서 책임감과 소명 의식이 필수다. 또 실력이 단단하게 뒷받침돼야 한다. 처음부터 기자를 꿈꾼 건 아니지만 서문의 제목처럼 '어쩌다 기자가 된 사람'도 마찬가지다. 지원병이나 징집병 모두 전투를 치러야 하는 건 매한가지다.

세상일은 뜻대로 되지 않는다. 어린 시절 품은 장래 희망대로 사는 사람은 많지 않다. 언론인을 지망하지 않았지만 나처럼 우연히 이 길목에 접어들 수도 있다. 이 책은 그런 사람을 위해 썼다. 기자로 지내는 동안 느낀 바

와 실용적 지식을 몇 가지 적어 감히 내놓는다. 모쪼록
읽는 분들께 도움이 되기를 바란다.

신성민

목차

PART 1 기자의 길

PART 2 기자의 시선

PART 3

기자의 글

PART 1

기자의 길

1. 제비꽃은 제비꽃답게 피면 그만이다

원래 내 직업은 물건을 사고파는 바이어였다. 소싯적 꿈은 과학자였고 대학 전공은 법학이었기 때문에 문필업에 종사하게 될 줄은 상상하지 못했다. 고등학교 시절 신문부를 만들어 활동하기는 했지만, 애들 장난 수준에 불과했다. 그래도 문학박사 출신 선생님께 세심한 글쓰기 지도를 받은 점은 큰 행운이었다고 생각한다.

스무 살 무렵 장난삼아 사주팔자를 봤다. 수염을 기른 노인이 "넌 신유(辛酉) 일주에 금수(金水) 상관(傷官)이니 붓으로 먹고 살겠다. 가을의 금으로 숙살(肅殺) 기운이 강하니 마음을 항상 착하게 먹어라. 언론직이 어울리나 관성이 약해 언관(言官)은 못 되고, 재야에서 논객(論客)을 하겠구나"라고 말하긴 했으나, 당시에는 무슨 뜻인지 몰랐고 그저 돈이 아깝다고만 여겼다.

운명은 뒤에서 날아온 공과 같다. 돌고 돌아 서른이 훌쩍 넘어 우연찮게 기자가 됐다. 수염 기른 노인의 말이 맞았다. 다니던 회사를 나와 좌충우돌하다 거듭 실패하고, 늦깎이로 작은 전문지에 입사해 몇 년간 기자로 밥벌이를 했다. 처음에는 편집과 제목 짓는 요령을 배우고, 법조(法曹)에서 취재와 기사 작성하는 방법을 익혔다. 이후 방송국으로 옮겨 영상을 다루고 리포트 작성하는 법을 체득했다.

짧은 시간 동안 편집기자, 취재기자, 방송기자를 거치며 압축적으로 훈련받을 수 있었던 건 작은 매체를 전전했기 때문이다. 급료도 박했다. 예나 지금이나 기자는 돈벌이가 안 된다. 돈 벌려면 기자를 하면 안 된다. 카를 마르크스도, 조지 오웰도 기자 생활을 했다. 둘 다 죽을 때 호주머니가 비어 있었다는 공통점이 있다. 나는 수습 시절 70만 원을 받았는데, 가족을 부양하는 데 적지 않은 어려움을 겪었다. 덕분에 주말에 자갈을 나르거나, 과외를 해 모자란 생활비를 벌충했다. 단점만 있던 것은 아니다. 장점도 많았다. 군소 매체 언저리에는 왕년에 잘나가던 기자들이 한풀 꺾인 채 맴돌고 있다. 누군가의 시선에는 퇴물로 비쳤을지 몰라도, 내 눈에는 보물단지로 보였다. 수습이 끝난 후 나는 내근기자를 자청했다. 취재비도 없고, 취재원도 만나기 어려운 지방면 담당 편집기자는 기피 직책이었다. 하지만 편집국장 직속으로 일을 배울 수 있었고, 제목 짓기와 지면을 구성하는 법을 덤으로 교육받을 수 있었다.

어느 곳에나 고수가 있다. 조그만 공간이라도 구역을 지배하는 강자(强者)가 있기 마련이다. 기자는 편집국 소속이다. 그렇다면 편집국장의 능력이 가장 뛰어날 가능성이 높다고 생각했다. 그렇게 내근기자로 일하며 어깨너머로 국장의 능력을 습득하느라 부단히 애썼다. 나이 먹고 무언가를 새로 배우기란 쉽지 않다. 사회에서는 배우는 사람이 눈치껏 선배들의 자산을 빼먹어야 한다. 학원 강의처럼 친절한 가르침을 기대하면 오산이다. 내가 얻고자 했던 역량은 고수들의 판단력과 타이밍을 포착하는 능력이었다. 3년 가까이 편집국 사무실에서 조용히 실력을 쌓았다. 모두 퇴근한 밤에 홀로 남아 습작을 했다. 10시 이전에 귀가한 적이 드물었다. 너무 늦으면 근처 카페로 자리를 옮겨 공부를 계속했다. 주요 일간지 머리기사와 칼럼을 베끼면서 좋은 문장과 구성을 수첩에 적어 두고 한 번씩 써먹었다. 신문 합본을 10년어치 구매해 틈틈이 읽어 가면서 주요 이슈가 어떠한 맥락으로 이어지고 있는지 파악했다.

다른 행운도 따랐다. 편집과 제목을 가르쳐 준 편집위원은 엄청난 경륜과 구력의 소유자였다. 그는 한 일간지에서 부국장을 지냈고, 한국편집기자협회 부회장을 지냈다. 사연이 있어 이직했지만 날 선 실력은 여전했다. 강호에 숨은 고수가 있다면 이런 느낌이 아닐까 싶다. 그에게 제목의 뼈대를 추출하고, 자(字)수에 맞춰 문장을 짓는 법을 사사 받았다. 기사가 산문이면 제목은 시(詩)다. 한 코 한 코 운율에 맞춰 문장 골조를 뽑아내는 훈련을 하니, 행간을 읽는 능력이 덩달아 성장했다. 문리(文理)가 트인 셈이다. 열심히 배우는 모습이 기특했는지 하루는 편집위원이 낡은 책을 한 권 건넸다. 1991년에 출간된 『신문편집』이었다. 한자가 많았지만 아주 훌륭한 책이다. 그 책은 지금도 내 방 서가 한켠에 꽂혀 있다. 모든 '새끼'는 모체(母體)를 흉내 내며 성장한다. 돌이켜 보면 이분들께는 큰 절을 아홉 번 드려도 족함이 없을 정도로 감사하다.

마흔 살 무렵, 우여곡절 끝에 변호사단체에서 발행하는 기관지를 중건(重建)하는 일에 참여했다. 원래 역할은 공보정책을 조언하는 특별보좌관이었다. 당시 여론을 설득할 수 있는 수단이 부족해 애를 먹고 있었다. 골

똘히 생각하던 중에 방치되다시피 했던 기관지가 눈에 들어왔다. 이모저모 살펴보니 손을 보면 활용 가치가 높아 보였다. 즉각 협회장에게 보고하고 대대적인 개선 작업에 착수했다. 제호를 바꾸고 분량도 2배가량 증면했다. 소속 기자들에 대한 재교육을 실시하고 편집과 구성을 손봤다. 무엇보다 공보지로서의 역할과 위상을 고려해 신규 논설위원을 위촉하는 등 사설을 강화했다. 전통적으로 기관지는 사설로 먹고산다. 사설을 읽으면 집행부의 정책과 노선을 정확하게 예측할 수 있도록 구성했다. 뛰어난 분들이 많이 도와주어 이럭저럭 궤도에 올릴 수 있었다. 이곳에서 데스크를 맡아 일할 수 있었던 것 또한 과분하고 감사한 일이다.

두서없이 말했지만, 나는 정통 엘리트 코스를 밟은 언론인이 아니다. 처음부터 기자였던 것도 아니고, 이름난 특종을 남기지도 못했다. 계절이 바뀔 때마다 피고 지는 들풀처럼, 무명의 소졸(小卒)로 잠시 성첩 위에 머물렀을 뿐이다. 법정 스님의 수필집 『서 있는 사람들』(1978)에는 다음과 같은 말이 나온다.

"제비꽃은 제비꽃답게 피면 그만이지, 제비꽃이 핌

쉬운 기사 작성법

으로써 봄의 들녘에 어떤 영향을 끼칠 것인가, 그
건 제비꽃으로선 알 바가 아니다."

세상에 어찌 기라성 같은 대기자만 있겠는가. 나처럼
어쩌다 기자가 되어 버린, 혹은 누군가에 의해 등 떠밀려
기사를 쓰게 된 사람도 있다. 하지만 이들도 들판의 제비
꽃처럼 자기 몫을 한다. 만물은 다 존재 이유가 있다. 이
것이 있으니 저것이 있고, 저것이 있으니 이것이 있다.
남을 부러워하지 말고 자기의 직분과 사명에 충실하면
그만이다. 본분을 다하면 영향력은 저절로 커진다. 이 책
은 그런 사람을 위한 책이다.

내가 터득한 기사 작성법은 다음과 같다. 훨씬 좋은 방법이 있을 수 있으나, 어쩌다 기자가 된 사람들에게는 충분하다고 생각한다. 이 정도만 숙지해도 평이한 기사를 쓰는 데 문제가 없다.

① 사실과 의견은 반드시 구분하라
② 근거를 찾아라
③ 짧고 쉽게 써라
④ 사실관계는 세 번 이상 확인하라

마지막이 제일 중요하다. 기자는 어떤 일이 있어도 사실과 싸우면 안 된다. 사실의 편에 서야 한다. 송사에 걸리거나 사회적 비난이 쏟아져도 사실의 방벽 뒤에 있으면 든든하다. 사실만이 기자를 보호할 수 있다. 힘들고 불편할지언정, 좁은 문으로 가야 한다. 쉽고 편하게 기자 노릇 하려 하면 안 된다. 그랬다가는 말빚만 켜켜이 쌓인다.

2. 언론은 어떻게 영향력을 갖게 되는가

　언론은 무관(無官)의 제왕이다. 공식 직위는 없지만, 여론을 형성하고 결집해 사회에 큰 영향을 미친다. 민주 사회에서 언론의 중요성은 두말할 필요가 없다. 미국의 3대 대통령인 토머스 제퍼슨[Thomas Jefferson, 1743~1826]은 "신문 없는 정부를 선택하느니, 정부 없는 신문을 선택하겠다"고 했다. 선거를 통해 정부와 의회를 구성하고, 국민의 대표가 정책 집행과 법령 제·개정을 수행하는 자유민주주의 정체(政體)에서 집권 세력은 늘 여론의 눈치를 살펴야 한다.

　여론은 그냥 형성되지 않는다. 바람을 타야 한다. 민심을 결집하여 스스로 세(勢)를 구축할 수 있도록 추동하는 것이 언론이다. 언론은 가장 유력한 여론 형성 주체다. 민심을 일떠세우기도 하고, 잠재우기도 한다. 민주 사회에서 대부분의 사회 의제는 공론장에서 생사가 결정된다. 여론의 지지를 받으면 살아남고, 그렇지 못하면 동력을 잃는다. 따라서 정부, 기업, 사회단체는 정책을 기획하고 입안할 때 공보 전략을 반드시 부연해야 한다. 언론을 설득해 우호적인 여론을 형성하지 않으면 아무리 훌륭한 정책을 내놓아도 실패할 수 있다.

언론이 기폭제를 터뜨려 민심의 바람이 불기 시작하면 구심점이 있느냐, 없느냐에 따라 여론의 결집 여부가 달라진다. 구심점은 사실에 입각한 명분이다. 예부터 명분이 있는 곳에 권력이 모인다고 했다. 명분이 구체적이고 타당하면 민심이 응축된다. 이때 여론은 내외에서 압력을 받아 높은 중력과 기세를 형성한다. 여러 매체에서 호응하면 스노우볼(snow ball)처럼 커진다. 기사 노출이 비약적으로 높아지며 사람들 사이에서 이슈가 널리 회자된다. 이 시기를 관계자들은 "기사가 쏟아진다"고 표현한다. 여간해서는 사이클론 같은 여론 폭풍을 막기 어렵다.

기세등등한 여론과 정면으로 충돌하면, 대부분 박살이 난다. 사나운 민심이 군중심리와 결합하면 양상이 폭력적으로 변하기도 한다. 공보 입장에서는 가장 위험한 시기다. 아무리 열심히 해명해도 변명처럼 들린다. 사소한 발언에도 민감하게 반응한다. 여기저기 '단독' 기사들이 터져 나오며 끝내 민심이 폭발하고 만다. 꿩 잡는 게 매다. 언론은 권력을 무너뜨릴 힘을 가졌다.

다음의 사례를 살펴보자.

"탁상행정" vs "불법 예방"… '숨 막히는' 정부 농막규제안 발표에 술렁이는 농가

정부가 농지 규모에 따라 '농막' 평수를 차등 규제하고 농막 내 휴식 공간도 25% 미만으로 제한하는 등 유례없이 강력한 규제안을 내놓자 농심(農心)이 술렁이고 있다. 그동안 교외에 우후죽순 생겨나 사실상 '세컨하우스'처럼 활용되는 편법 운영을 막을 수 있다는 긍정론과 함께, 농촌의 실상을 전혀 반영하지 못한 전형적인 탁상행정이라는 비판이 함께 제기된다. 특히 휴식 공간을 일률적으로 제한하고 농막 내 야간 취침을 일체 허용하지 않는 등 기본권을 과도하게 침해한다는 지적도 나온다.

● 농지 면적 따라 차등 규제… 휴식 공간은 25% 이내로 엄격 제한

농림축산수산부(장관 정황근)는 12일 '농지법 시행규칙 일부 개정안(공고 제2023-177호)'을 입법 예고하고 다음 달 21일까지 국민 의견을 수렴한다고 발표했다.

입법예고안은 △농지별 설치할 수 있는 농막 면적 제한 △농막에 부속된 정화조와 다락, 데크, 테라스 등의 연면적 포함 △농막 휴식 공간을 25% 이내로 일괄 제한 △야간 취침, 숙박 등 금지 △전입신고 금지 △설치 신고 기준 통일 등의 내용을 담고 있다.

구체적으로는 전체 농지 면적이 660㎡(199.65평) 미만인 경우 7㎡

(2.1평), 660㎡~1,000㎡(302.5평) 미만인 경우 13㎡(3.9평), 1,000㎡ 이상은 경우 현행 20㎡(6평)의 농막을 설치할 수 있어 규모에 따라 차등 규제된다. 현행법은 농지 면적과 무관하게 20㎡의 농막 설치가 가능하다.

나아가 화장실 설치에 필수적인 정화조도 연면적에 포함시켰다. 데크(입구에 설치하는 평평한 구조물)와 테라스, 다락도 농막 면적에 포함된다. 부속 시설이 대부분 연면적에 포함되면 농막의 크기는 훨씬 줄어들 수밖에 없다. 현재는 층고를 높여 다락과 테라스를 만들어도 연면적에 삽입되지 않아, 비교적 넓은 실내 공간을 마련할 수 있다.

● 절반 가까이가 '불법 농막'… 전원주택·개인 별장처럼 이용하기도

농식품부의 강력한 규제안은 감사원의 감사보고서 발표에 따른 후속 조치로 이뤄졌다. 감사원이 지난달 18일 발표한 '가설건축물(농막, 산막) 설치 및 관리 실태' 보고서에 따르면, 전국에 산재한 농막 3만 3,140개 중 1만 7,149개가 불법적으로 증축·전용된 것으로 조사됐다. 농자재의 보관 및 임시 휴식이라는 본래 용도와 달리, 주거 등의 목적으로 오용되는 농막이 1만 1,525개에 달하는 것으로 나타났다.

실제로 시중에 판매되는 농막 중에는 소형 주택을 방불케 할 정도로 화려한 것들이 많다. 고급스러운 마감재에 화장실과 주방, 침실까지 갖춰 개인 별장으로 전용하는 사례가 크게 늘었다.

'가설건축물(임시적·한시적 사용을 목적으로 한 건축물)'에 해당하는 농막은 1가구 2주택 규제를 피해 갈 수 있는 데다, 까다로운 준공 검사나 시공 기준이 요구되지 않는다. 이 같은 맹점을 이용해 일정 규모의 농지를 촘촘하게 분필한 다음, 주택에 버금가는 농막을 집단으로 설치하고 상업용 펜션으로 활용하다 적발된 사례도 있다.

농식품부 관계자는 "농막이 본래의 취지와 맞지 않게 별장이나 전원주택처럼 사용되어 농지를 훼손하는 사례가 늘고 있다"며 "이번 지침 개정안은 구체적인 주거 판단기준과 연면적 기준 및 설치기준을 마련한 것"이라고 강조했다.

이처럼 우후죽순 난립하고 있는 불법 농막을 근절하기 위해서는 강력한 규제가 부득이하다는 주장이 나온다.

(중략)

● 농촌 현실과 동떨어진 '탁상행정'… 인구유입 완전히 끊길 우려도

이 같은 지지 의견에도 불구하고 농식품부의 입법예고안을 그대로 수용할 경우 실제 농사를 짓는 농민들의 불편이 크게 가중될 것이라는 우려가 나온다.

가장 논란이 되는 것은 휴식 공간을 농막 내 25%로 제한하고 야간 취침을 일절 금지한 조항이다. 7㎡ 농막에서 휴식 공간을 25%로 제한할 경우 0.5평 크기로 눕거나 편하게 앉기조차 힘들다. 농막이 농사일을 하다가 잠시 휴식을 취하는 공간이라는 점을 고려할 때 이 같은 천편일률적 제약은 현실과 동떨어진 규제라는 비판을 받는다.

강원도 춘천시의 한 농민은 "농사일을 전혀 해 본 적 없는 공무원들이

정책을 만든 것 같다"며 "불법 농막을 막겠다는 취지는 이해하지만, 본래 기능조차 제대로 수행할 수 없도록 한 것은 심각한 문제"라고 비판했다.

다른 농민도 "가을에는 야간작업을 하다 부득이하게 농막에서 잘 때가 있다"며 "농민들이 농막에서 자는 걸 잡겠다고 공무원들이 휘젓고 다니며 벌금을 물리는 짓은 왜정(倭政) 시절이나 군사 정권 때도 없었던 일"이라고 말했다.

이어 "전업 농민들에게 그렇게까지 하겠느냐는 말도 있지만(별장으로 쓰는 사람만 단속하는 것 아니냐는 취지), 법이 공무원들의 자의에 따라 엄해지기도 하고 유해지기도 하는 건 더 큰 문제 아닌가"라고 반문했다.

심각한 인구 공동 현상을 겪고 있는 농촌 실정을 감안할 때 과도한 농막 규제는 그나마 조금씩 농촌으로 유입되던 인구마저 완전히 등을 돌리게 만들 수 있다는 지적도 있다. 평소에는 도시에 거주하다 주말 농장을 겸하여 농촌을 방문하는 이른바 '아마추어 농민'이나 '주말 농민'들은 향후 농촌으로 이주·정착할 확률이 가장 높은 예비 농업인으로 분류된다. 일부 눈살을 찌푸리게 하는 사례도 있지만 대부분의 주말 농민들은 농작물을 재배하는 경작 활동을 하기 때문에 주위 농가와 교류가 잦은 편이다.

이에 농막에 대한 불법적인 증·개축과 편법 운영은 엄격하게 단속하되, 현재 입법예고된 내용보다는 다소 완화된 지침을 마련해 농촌의 현실을 밀도 있게 반영해야 한다는 목소리가 크다.

(후략)

- 『법조신문』 2023.05.30., 임혜령 기자

이 기사는 2023년 5월 23일에 출고되었다. 농막을 강력하게 규제하겠다는 농식품부의 입법 예고 내용을 분석하고 법리적 문제를 지적한 거의 최초의 보도였다. 입법 예고 시행 직후 몇몇 지역신문과 농업 관련 매체에서 규제의 부당성을 지적하기는 했지만, 찻잔 속의 미풍에 그쳤다. 기사가 정치하지 못해 이슈를 끌어올리기에는 힘이 달렸다. 여론을 결집하기 미흡했다. 농식품부도 이러한 사실을 알고 크게 신경 쓰지 않는 듯 보였다. 여론이 차츰 잦아 들어가던 시기에 앞의 기획기사가 나왔다. 이 기사는 기획기사의 전형을 따른다. 현상을 제시하고 문제를 제기한 다음 해결을 촉구했다. 방법론이 상당히 날카로웠는데, 입법 예고안에 대한 상세한 분석과 현장 농민들의 생생한 목소리를 담았다. 그리고 법률전문가들이 기명으로 코멘트를 했다. 비판에 공신력과 권위가 부여됐다. 기사의 핵심, 즉 야마는 '탁상행정'이었다.

기사가 출고되자 조회수와 트래픽이 급증했다. 작은 언론사에서 낸 기사라도 민심을 관통하면 큰 호응을 얻을 수 있다. 규제의 부당성과 법리적인 문제점이 충실히 담겼기 때문에 이후 많은 매체들이 같은 논리를 원용했다. 일주일 후인 2023년 6월 9일 국내 최대 일간지인

『조선일보』에서 「"이제 농막서 잠 못 잔다고요?" 들끓는 주말농장族」이라는 제목의 비판 기사가 나왔고, 뒤이어 KBS와 SBS 등 주요 방송에서도 다뤘다. 기사가 쏟아지기 시작했다. 충분히 말이 된다(기사가 된다)고 생각했기 때문이다. 수많은 후속 보도에 '탁상행정'이라는 단어가 예외 없이 포함됐다. 민심을 읽고 이에 부합하는 용어를 썼기 때문에 크게 확산할 수 있었다. 사람들의 입길에 오르내리는 용어는 언론에서 선제적으로 퍼뜨리는 경우가 많다. 그리고 그 말이 사태를 규정하기도 한다. 국정농단, 사법농단과 같은 용어도 마찬가지다. 때때로 이러한 말은 현상의 프레임을 형성하는 데 영향을 미친다. 예컨대 후쿠시마 원자력 발전소에서 방류하는 물을 '오염수'로 부르느냐, '처리수'로 부르느냐에 따라 듣는 사람의 체감 온도가 확연히 달라진다. 단어에는 이미지 형태의 암시가 내포돼 있다. 대중은 그러한 직관적 암시에 취약하다. 따라서 언론이 어떤 단어를 사용하는지 행간을 유심히 들여다봐야 한다.

다급해진 농식품부가 해명자료를 연거푸 내놨지만 여론은 계속 악화했다. 정부의 해명은 불법농막을 근절하려는 취지에 초점이 맞춰져 있었다. 하지만 원론적 소재로

쉬운 기사 작성법

는 성난 여론을 잠재우기 어렵다. 엉성한 조문과 권위적인 규제 방식 때문에 민심이 등을 돌렸다. 이쯤에서 정책의 운명은 결정된 것이나 다름없었다. 농식품부는 국면을 전환하는 데 실패했다. 결국 대통령이 나서서 "신중한 검토가 필요하다"고 언급하는 상황에 이르자, 입법예고는 철회됐다. 민심을 읽지 못한 채 졸속으로 정책을 추진했다가 역풍을 맞은 셈이다. 농식품부가 농민들의 의견을 제대로 듣고 정책에 반영했다면 있을 수 없는 일이다.

농막 규제 사례는 어떤 방식으로 여론이 형성되고 언론의 영향력이 커지는지 보여 준다. 미시적 차원에서 정책 내용의 허술함을 날카롭게 지적하고, 거시적 차원에서는 정책 방향의 부당성을 비판했다. 그리고 실제 농민들의 목소리를 담는 등 날것의 민심을 반영했다. 법리적으로 위헌 소지가 있다는 내용도 덧붙였다. 내용이 진실하고, 방향이 맞으면 반드시 구심점이 생기기 마련이다. 명분이 생겨 여러 언론이 호응하기 시작하자 기사가 쏟아졌고 정부는 후퇴할 수밖에 없었다.

여론 형성을 유도하는 방법에는 포지티브(positive) 방식과 네거티브(negative) 방식이 있다. 앞서 언급한 사례는 포지티브 방식이다. 비판 요소를 분석하고, 단계적으로 민심의 호응을 얻어 규제 반대 여론을 형성했다. 민심을 읽고, 민심을 반영했기 때문에 언론은 민의(民意)를 담는 역할을 톡톡히 했다. 여론 형성의 정석이다.

반면 네거티브 방식은 사생활이나 도덕적 흠결을 들춰내 장외 여론을 조성하는 전략이다. 정치인들이 자주 써먹는 방식이다. 교토대의 오구라 기조(小倉紀藏) 교수가 『한국은 하나의 철학이다』(2017)라는 책에서 비판했듯이, 한국인은 도덕적 기준과 잣대를 모든 영역에 적용하는 습성이 있다. 오랜 세월 유교 이데올로기의 지배를 받으며 형성된 기형적 문화다. 도덕을 지향한다고 딱히 도덕적인 건 아니다. 기층 정서에는 자신보다 남에게 더 엄격한, 특히 다른 사람의 개인사와 사생활에 민감하게 반응하는 관음적 심리가 깔려 있다. 머릿속에 '빗물이 줄줄 새는 초가집에서 우산을 쓰고 앉아 경전을 읽는 황희 정승'이 훌륭한 정치인의 표상으로 자리하기 때문이다. 허구에 불과하지만 이 표상과 얼마나 일치하느냐가 정치인을 판단하는 잣대가 된다. 따라서 실력이 꽝이어도 '착해 보이면' 만사형통이다. 이런 정서가 뿌리내린 곳에서는 네거티브 여론몰이와 위선적인 이미지 정치가 횡행하기 쉽다.

정치인들이 정책과 무관한 사생활을 놓고 서로 헐뜯는 모습은 보기 좋지 않다. 별로 도덕적이지도 않은 사람들이 도덕 운운하는 모양새를 지켜보는 것도 고역이다. 남을 비판하면 자신은 깨끗하게 보일 것으로 착각한다. 이때문에 도처에 위선이 만연하게 됐다. 우리나라에서 치러지는 각종 선거를 지켜보면 무익한 산송(山訟)·예송(禮訟) 논쟁의 재현처럼 보인다.

네거티브 공방전이 치열해지면 '가짜뉴스'와 괴담까지 동원된다. 여기서부터는 여론을 조작하는 단계다. 없는 사실을 작출해 상대를 무너뜨리려 한다. 선동은 한 줄로 가능하지만 해명은 백 마디 말로도 부족하다. 이런 데 역량을 집중하면 정책 계발은 약화된다. 가짜뉴스가 득세해 여론을 좌우하기 시작하면 공론은 설 곳을 잃는다. 가짜뉴스는 언론 환경을 망가뜨리는 망국의 바이러스다. 언론의 기본도 갖추지 못했으면서, 언론으로 행세하는 사이비(似而非)도 여론을 더럽혀 사회 수준을 낙후시킬 뿐이다.

최근에는 인터넷 개인방송과 유튜브도 과거 언론이 맡았던 역할을 일부 수행한다. 대안 미디어가 그동안 소외됐던 사회 의제를 포착하고 공론화하는 등 어느 정도 순

기능이 있다는 점은 동의한다. 하지만 치명적인 결함이 있다. 입체적인 취재와 엄정한 팩트 체크, 객관적 구성이라는 핵심 요소가 결여돼 있거나, 지극히 허술해 과정과 결과를 신뢰하기 어렵다는 점이다. 채널에 따라 생래적으로 정파성과 주의주장에 휩싸여 있다는 점도 약점이다. 여론을 형성하는 데 일부 기여하지만, 온전한 언론으로 보기에는 무리가 있다.

최근에는 권위 있는 레거시 미디어조차 가짜뉴스에 편승할 때가 있다. 편 가르기 현상이 만연하다 보니 생긴 악습이다. 선거 이슈와 페미니즘, 각종 사회 참사 논란에서 이런 경향이 두드러진다. 지지하는 쪽을 편들기 위해 미필적 고의로 가짜뉴스를 퍼 나르는 셈이다. 공인된 언론이 이처럼 허술하게 행동하면 치명적이다. 스스로의 영향력과 설 자리를 무너뜨리게 된다. 그러면 차츰 미디어의 주도권을 가짜뉴스 생산·유포자들에게 빼앗긴다. 아무리 목이 말라도 바닷물은 마시면 안 된다. 배가 고프다고 집 안 서까래를 빼어 팔면, 마지막에는 집이 송두리째 무너지게 된다. 모든 일에는 금도가 있다.

쉬운 기사 작성법

3. 신문의 '문'은 들을 문(聞)

　기자는 열려 있는 마음으로 늘 객관적 자세를 견지해야 한다. 기자는 이해당사자가 아니다. 변호사가 의뢰인에게 감정을 이입하면 안 되듯이, 기자도 취재원과 합일(合一)하면 안 된다. 그러면 사고가 터진다. 취재원들은 모든 수단을 동원해 기자에게 자신들의 견해와 감정을 이입하려고 노력한다. 공감이 간다면 호응은 하되, 적절한 선을 지켜야 한다. 누군가의 구미에 딱 맞는 기사를 작성하는 것은 삼가야 한다.

　기자는 겸손해야 한다. 신문의 '문(聞)'은 들을 문(聞)이다. 취재원에게는 예의를 갖춰야 하며, 듣는 자세를 몸에 새겨야 한다. 취재원의 나이가 어리거나, 혹은 자신보다 후배라 하더라도 절대로 함부로 대해서는 안 된다. 이것은 공보 담당자에게도 해당하는 말이다.

　솔로몬이 막 왕위에 올랐을 무렵의 일이다. 꿈에 하나님이 나타나 "원하는 게 있으면 말하라"라고 했다.

그러자 솔로몬은 "나는 어린아이에 불과합니다. 듣는 마음을 주셔서 옳고 그른 것을 잘 분별하게 하여 주십시오"라고 답했다. 히브리어로 지혜를 뜻하는 **레브 쇼메아** (**לב שמע**)가 여기서 나왔다. 지혜의 본질은 분별력이고, 분별력은 듣는 마음에서 나온다. 기자들은 이 말을 명심해야 한다. 듣는 마음이 없으면 분별력이 생기지 않고, 분별력이 없으면 사리판단을 정확히 할 수 없다.

또 기자는 입이 무거워야 한다. 촉새처럼 입방아를 찧고 다니면 신뢰를 얻을 수 없다. 결국에는 비밀을 잘 지키는 기자에게 특종이 몰린다. 무엇보다 기자는 제너럴리스트다. 스페셜리스트가 많은 취재원들 앞에서 얕은 지식을 자랑하는 것은 금물이다. 얄팍한 밑천만 드러난다. 기자가 말이 많으면 상대는 자연스레 입을 다문다. 그러면 더 많은 정보를 얻을 수 없다. 의미 있는 화두를 던지며 취재원으로 하여금 입을 열게 만들어야 한다.

취재원과의 만남은 단순한 술자리, 밥자리가 아니다. 정보가 오고 가고, 여론 형성의 씨앗이 뿌려지는 소중한 시간이다. 가볍게 여겨서는 안 된다. 복장에도 신경 쓰는 것이 좋다. '겉볼안(겉을 보면 속은 보지 않아도 짐작할 수 있다는 말)'이다. 정갈한 복장을 입고 나오면 상대를 존중한다는 메시지를 줄 수 있다. 면접을 볼 때 헐렁한 추리닝을 입고 가는 사람은 없다. 껄렁껄렁하게 입고 가면 내심 불쾌하게 여기는 취재원도 많다. 술을 마실 때는 말실수를 하지 않도록 조심해야 한다. 말과 행동이 가벼운 사람은 기자를 하면 안 된다. 언젠가 반드시 큰 사고를 낸다.

수습기자를 평가할 때도 언행과 술자리 매너를 잘 살펴야 한다. 겉멋이 잔뜩 들어 자아도취 경향을 보이거나 자기 혀를 통제하지 못하는 사람은 안타깝지만 탈락시켜야 한다. 냉정하지만 그것이 모두에게 이익이 되는 길이다. 어설픈 철부지에게 기자 타이틀을 달아 주면, 사회 공동체에 돌이킬 수 없는 해악을 끼칠 수 있다. 기자는 펜으로 사람을 죽일 수 있는 직업이다. 근본이 약한 사람은 기자를 해서는 안 된다.

요약하면, 기자는 입이 무거워야 하고, 예의 바르고 겸손해야 하며, 잘 듣고 신뢰를 지켜야 한다. 건들건들하거나 아는 체하지 말고 상대방을 존중하는 마음을 가져야 실수가 적다.

취재원 관리도 중요하다. 취재원 중에는 위험한 사람이 많다. 언론을 수단화하여 사리사욕을 채우려 한다. 이런 사람과는 거리를 둬야 한다. 그렇지 않으면 망신을 당할 수 있다. 불량 취재원들은 특징이 있다. 먼저 주관적 의견을 사실처럼 전한다. 그리고 정확한 근거나 출처를 이야기하지 않는다. 대부분 2차 전언이다. "내가 어디서 들었는데", "거기 있는 사람이 말해 준 건데"류다. 이들에게는 확실한 문건이나 자료가 없다. 마지막으로 보도를 통해 본인이 이득을 보려고 한다. 방송 출연과 언론 노출에 강한 욕망을 드러내는 것도 공통점이다.

한번은 주요 매체 한 곳에서 꽤 큰 오보를 낸 적이 있다. 오류가 확인되면 해당 언론사는 정정보도를 지면에 게재한다. 사안에 따라 징계를 받을 수도 있다. 반복해서 말하지만 언론은 신용이 생명이다. 엉터리 보도가 나가면 평판이 훼손된다. 그다음부터는 기사를 신뢰하지 않게 된다. 사정을 들어 보니 취재원이 문제였다. 제법 이름난 사람이지만 사심이 많은 데다, 지극히 편향적이었다. 무엇보다 주장과 사실을 섞어 말하는 나쁜 습관이 있었다. 진실과 거짓이 뒤섞여 있으면 팩트 체크가 어렵다. 전부 거짓이거나, 혹은 전부 진실인 경우에 비해 품이 많이 들어간다. 까딱하면 실수하기 쉽다. 이렇게 사실과 주장을 섞어 말하는 취재원은 오염된 물과 같다. 절대로 마시면 안 된다. 오염된 취재원 말을 믿고 기사를 쓴 기자는 본의 아니게 오보를 내고 말았다. 물론 여러 차례 사실 확인 과정을 거쳤지만, 진실과 거짓이 섞여 있어 관련 기관에서 애매한 입장을 내는 바람에 혼동이 커졌다. 진실과 거짓이 뒤엉켜 있으면 속아 넘어가기 쉽다.

거짓말쟁이와는 상종할 필요가 없다. 기자만 힘들어진다. 취재원과 기자의 '라포(rapport)'는 오직 신뢰를 통해서만 구축할 수 있다. 사안의 규모는 중요하지 않다. 기자 입장에서는 작은 내용이라도 정확하고 확실한 사실을 말해 주는 사람이 최고다. 나쁜 취재원은 입만 열면 대단한 내용을 알고 있는 것처럼 떠벌리지만, 막상 기사를 쓰기 위해 출처를 물으면 "어디서 그냥 들은 얘기"로 얼버무린다.

기자와 공보관의 입장을 바꿔도 이 원칙은 동일하게 적용된다. 쓰지 않기로 약속한 '오프 더 레코드(off the record)'를 깨는 기자는 단연 최악이다. 상대할 가치가 없다.

한 단체에서 공보정책을 조언하는 역할을 맡았을 때 이야기다. 어떤 매체의 신입 기자가 연락해서 '코로나 확진자가 나왔는지' 물었다. 당시는 방역 문제로 시국이 어

수선했다. 하지만 문의가 왔으니 우선 '오프 더 레코드'로 알려 줄 수 있다고 했고, 기자도 동의했다. 하지만 불과 몇 시간 뒤에 '○○○○ 코로나 확진자 발생' 기사가 떡하니 올라왔다. 뒤통수를 맞은 셈이다. 항의하니 데스크가 쓰라고 했다는 둥, 여러 군데서 다시 확인을 했다는 둥 핑계를 대며 우물쭈물했다. 그 이후부터는 그 사람을 기자로 취급하지 않았다.

복수의 관계자를 취재해 사실관계를 거듭 확인하고, 공공의 이익을 위해 써야 한다면 비보도 원칙이 깨질 수 있다. 예외는 존재한다. 하지만 이런 경우에도 처음 비밀을 약조했던 사람에게는 미리 양해를 구해야 한다. 이는 신뢰에 관한 문제다. 당시 같은 사항을 문의했던 다른 매체 기자들은 비보도 약속을 끝까지 지켰다. 만일 그 사람이 양해를 구했다면 나는 더 정확한 사실관계와 함께 공식적인 대변인 멘트를 제공했을 것이다.

언론과 공보는 불가근불가원 관계다. 상호 신뢰가 무엇보다 중요하다. 한번 믿음이 깨지면 주워 담기 어렵다. 또 주워 담을 필요도 없다. 사회는 학교나 동호회가 아니다. 살얼음을 걷듯 서로 조심하고 언행과 행동에 신중해야 한다. 균열이 생기면 언제든 적대 관계로 돌변할 수 있으며, 서로에게 손해가 된다.

　취재원과 기자가 '형님, 동생' 하는 관계로 발전하는 것도 주의해야 한다. 미국의 사회학자 쿨리$^{\text{Charles Horton Cooley,}}$ $^{\text{1864~1929}}$는 사회관계를 1차 집단과 2차 집단으로 구분했다. 전자는 친밀감이 높은 가족 등 인격적 관계이고, 후자는 목적 지향성이 높은 비즈니스 관계다. 서로 반말을 하고 호칭도 형님, 동생으로 바뀌면 형식적으로는 2차 집단에서 1차 집단으로 관계가 전환한다. 하지만 본질까지 그렇게 바뀔지는 의문이다. 식구끼리는 서로 챙겨 줘야 한다. 그렇지 않으면 서운한 감정을 갖는다. 여기서 사고가 터진다. 공보관은 해서는 안 될 말을 기자에게 하고, 기자는 정(情) 때문에 쓰지 말아야 할 것을 쓰게 된다. 이것은 바람직한 현상이 아니다.

　나는 기자와 공보역(役)을 둘 다 경험했다. 경륜이 높지 않지만, 대부분의 문제가 이런 관계에서 발생하는 것을 자주 목격했다. 물론 상호 신뢰가 깊어지고 학연·지연 등 연고가 있다면 사회에서 용인하는 수준까지는 관계가 발전할 수 있다. 인지상정이다. 그렇다고 근본까지 잊어버려선 안 된다. 2022년 온 나라를 뒤흔든 '대장동 개발비리 의혹'의 중심에도 법조기자와 그의 취재원들

쉬운 기사 작성법

이 있었다. 처음에는 취재와 인터뷰를 통해 만났을 인물들이 어떻게 저리됐는지 그 과정을 되새겨 타산지석으로 삼아야 한다.

4. 질문은 받지 않겠습니다

　윤흥길의 소설 「완장」은 미미한 권력을 갖게 된 소시민이 어떻게 변질되어 가는지 내면 심리를 잘 묘사한 수작이다.

　백수건달로 지내던 종술은 동네 유지인 최 사장에게 고용돼 한 저수지의 감독관이 된다. 생애 처음으로 완장을 차게 된 그는 저수지에서 밤낚시를 하는 사람들을 상

쉬운 기사 작성법

대로 위세를 부리기 시작한다. 급기야 자신을 고용한 최 사장 일행에까지 갑질을 하게 되자 자리에서 쫓겨난다. 그럼에도 '완장의 맛'을 잊지 못한 종술은 저수지 근처를 배회하다 큰 위기에 내몰린다. 결국 모든 것을 잃게 된 그는 저수지에 완장을 버리고 마을을 떠난다.

서푼짜리 완장이라도 팔에 두르면 오만한 마음이 고개를 든다. 초심을 잃고 우쭐대며 거물처럼 행동한다. 야인 생활을 오래 한 사람일수록 이런 실수를 저지를 가능성이 높다. 오래가려면 발심(發心)의 순간을 잊지 말아야 한다. 겸손을 잃으면 민심은 태풍이 되어 권력을 뒤집는다.

언론을 대하는 태도를 보면 권력의 품질을 알 수 있다. 기자는 국민 목소리를 대변한다. 불편한 질문을 받더라도 성의 있게 답변해야 한다. '질문에 답하기'는 민주 사회를 지탱하는 핵심 요소다. 질문 없는 사회는 전체주의 국가뿐이다. 국민을 섬기는 위정자들은 불편을 감수해야 한다.

2019년 6월 법무부는 출입기자단을 상대로 '검찰 과거사 진상조사위원회' 활동 종료와 관련한 기자회견을 실시한다고 밝혔다. 그러나 기자들의 질문은 받지 않겠노라고 일방적으로 통보했다. 항의가 빗발치자 "브리핑 자료에 충분한 내용이 담겨 있다"며 "질의 사항이 있다면 추후 대변인과 홍보담당관에게 말하라"고 답했다. 결국 출입기자단은 기자회견 보이콧을 의결하고 아무도 참석하지 않았다. 법무부 장관은 텅 빈 기자회견장에서 나 홀로 발표문을 읽고 돌아갔다. 그야말로 반쪽짜리 맹탕 기자회견이었다.

2022년 11월 대통령실은 4박 6일간의 동남아 순방 기간 중 문화방송(MBC) 취재진의 전용기 탑승을 제한한다고 발표했다. 앞서 대통령의 미국 순방 당시 '비속어 사용 논란' 등 비판 보도를 내보냈던 것에 대한 대응이었다. 이러한 조치는 많은 비판을 받았다. 껄끄러운 보도에 불쾌한 감정을 느낄 수는 있지만, 너무 속 좁은 처사라는 반응이었다. 일개 유튜버나 유사언론도 아닌 공영방송에 대한 대응으로는 부적절했다는 목소리가 나왔다.

두 사태는 정권과 언론이 겪은 대표적인 마찰 사례다. 법무부 보이콧 사건은 관존민비(官尊民卑)의 사상적 토대 위에 수직적인 공보 활동을 커뮤니케이션으로 착각한 법무부의 패착이었다. 그 이면에는 교수 출신 아마추어 장관의 자신감 없는 태도도 한몫했다고 본다. 질문을 업으로 삼는 기자들에게 질문을 하지 말라고 통보한 건 무레한 행동이다. 공보 라인은 자신들의 처신이 어떤 후폭풍으로 이어질지 충분히 고려해야 한다. 상부에서 지시하는 대로 따르다가는 사달이 난다.

MBC 전용기 배제 논란도 마찬가지다. 보도 내용이 사실이 아니라면 정정과 반론 보도를 청구해 바로잡으면 된다. 만일 언론사가 거짓 보도를 한 것이 사실로 드러나면 치명상을 입는 쪽은 언론사다. 공인은 '도마 위에 오른 사람들'이다. 참는 것도 훈련이다. 때로는 억울할 수 있으나 손해를 보는 것이 실제로는 손해가 아닐 수 있다.

언론과 싸우는 정권치고 오래가는 것을 본 적이 없다. 사회가 양극화되고 팬덤 정치가 기승을 부리다 보니, 모두가 입맛에 맞는 기사만 취사선택한다. 이러한 보도들은 대부분 '절반의 진실'만 담고 있다. 불리한 사실 A와 유리한 사실 B가 있을 때, A만 보도한 언론사는 친일 언론 내지 종북 언론이 되고, B만 보도한 언론사는 참된 언론이 된다. A와 B를 모두 다루면 박쥐 취급을 받거나 이목을 끌기 어렵다. 언론 입장에서도 한쪽에 '몰빵'해야 하는 최악의 상황에 놓일 수 있다. 결국 정권은 A를 보도한 언론과 치열하게 다툰다. 문제는 A도 부분적일지언정 진실을 담고 있기 때문에, 권력이 사실과 다투는 한심한 모양새가 된다.

펜은 칼보다 무섭다. 그리고 오래간다. 기록이 가진 힘이다. 반면 권력은 시효가 있다. 권불십년(權不十年)이다. 언론과 싸우는 권력은 생채기만 입고 초라하게 물러날 공산이 크다. 참여정부 때도 언론 카르텔을 깨겠다며 정부 부처 기자실을 통폐합하는 등 강수를 뒀지만 결국 부메랑이 되어 날아왔다.

언론은 비판 역할을 수행할 때 주목받는다. 비판은 언론의 숙명이다. 비판 없는 언론은 뉴스레터나 관보에 불과하다. 특종으로 일컬어지는 기사는 거의 예외 없이 폐부를 찌르는 비판 기사다. 하지만 시퍼렇게 날이 선 필봉에도 한계가 있다. 비판이 사실의 토대 위에서 이뤄져야 한다는 점이다. 사실 없는 비판은 비판 없는 사실보다 훨씬 더 위험하다. 심지어 악의적이다. 악의적인 음해로 이어진다. 검증되지 않은 일부 주장을 확정된 사실처럼 말하거나, 없는 사실을 상상하여 지어내는 것 모두 해서는 안 될 행동이다.

언론의 비판은 질문을 통해 이뤄진다. 비리를 제보받아 사건을 인지했다 하더라도, 반대편 당사자 입장을 청취해야 한다. 불편하더라도 반드시 감수해야 하는 과정

쉬운 기사 작성법

이다. 기자는 이 단계에서 질문을 던지며 포문을 열게 된다. 기자와 공보를 둘 다 경험한 입장에서 가장 무서운 공격은 '사실'이다. 일방적 주장이나 거짓말은 반박하기 쉽다. 주장은 상대보다 더 뛰어난 논리로 깨뜨리면 된다. 그리고 거짓말은 허위 사실을 입증하면 그만이다. 하지만 사실은 반박할 여지가 없다. 앞뒤 맥락이 끊어진 단편적인 진실이라면 해명이라도 가능하지만, 그렇지 않다면 "답변 드릴 수 없다"는 말이 최선이다. 기자가 사실을 물었는데, 거짓말로 답변할 수는 없지 않은가. 질문이 예리할수록(구체적일수록) 공보는 코너에 몰린다. 그러다 결국 "질문을 받지 않겠다"는 옹색한 짓을 하게 된다.

따라서 기자는 질문할 때 사실을 무기로 삼아야 한다. 질문 기회가 많이 주어지지 않는다면 더 그렇다. 최소한의 공격으로 유효타를 날려야 한다. '카더라'에 기반한 엉터리·허위 사실을 질문하면 하수, 상대 주장에 대한 반론을 묻는 건 중수, 사실의 일치 여부를 묻는 사람이 고수다. 뜬구름 잡는 의혹 제기는 금물이다. 확인되지 않는 찌라시 수준의 제보만 듣고 질문하다 망신당하는 국회의원들을 참고하면 된다. 적어도 기자의 질문은 아무 말 대잔치가 돼서는 안 된다. 상대 입에서 '말씀드리기 곤란하다'는 답변 정도는 이끌어 내야 한다. 모름지기 기자라면 사실에 기초한 예리한 질문으로 이 시대의 완장들을 떨게 해야 한다.

쉬운 기사 작성법

5. '선무당'이 조직을 망친다

    요새는 기업이든 공적 기관이든 언론 홍보 업무를 기자 출신이 맡는 추세다. 언론에 대한 이해도가 높고, 소통이 원활하다는 장점 때문이다. 여러 기관의 공보 담당자를 만났지만 부서에 언론인 출신이 있느냐, 없느냐에 따라 온도 차가 달랐다.

    기자들이 1순위로 원하는 것은 소통이다. 소통의 기본은 연락을 잘 받는 것이다. 권력 기관 대변인 중에는 연락을 잘 받지 않는 사람들이 있다. 휴대폰을 꺼 놓거나, 일부러 착신을 어렵게 설정해 놓는다. 아쉬운 건 기자들이다. 목마른 사람이 우물을 파게 되어 있다. 이런 식으로 정보 수급을 통제해 언론 길들이기를 하는 곳이 있다. 이들은 적절한 타이밍에 마음에 드는 언론에 고급 정보를 흘려 유리한 구도를 잡아 간다. 과거 비판을 받은 검찰의 공보 활동도 유사한 맥락이다. 재판 전 피의자에 대한 수사 정보를 언론에 흘리고, 민심이 들끓으면 적절한 시기에 영장을 청구한다. 비판 여론이 득세하면 법원도 부담을 느낄 수밖에 없다. 기자 입장에서는 수사의 주요 사항을 흘려주는 검찰에 잘 보이기 위해 노력하게 된다. 과연 이런 모습이 바람직할까. 작업을 치기 전에 선이 닿는 언론을 이용해 교묘하게 분위기를 조성하는 여론 공작은 지금도 많이 이뤄진다. 특종에 너무 매몰되면 언론이 권력과 자본의 여론 공작 수단으로 전락할 수 있다. 탐심을 버려야 한다. 힘 있는 사람이 무언가 요청했다면, 숨은 의도가 있지 않을까 한 번쯤 의심할 필요가 있다.

언젠가 특정 인사가 경쟁사로 가는 것을 막기 위해 A기업이 여론 작업을 하는 장면을 본 적이 있다. A기업은 의원실 한 곳을 섭외해 인사자료를 확보하고 "공직자가 기업으로 직행하는 것은 문제"라는 취지의 보도자료를 준비해 놓았다. 의원실은 자료 요청 권한이 있다. 인사혁신처 등 유관 기관으로부터 퇴직자 취업심사 리스트 등을 쉽게 받을 수 있다. A기업은 해당 리스트와 의원실 보도자료를 언론에 넘기며 공직자의 기업 취업 문제를 다뤄 달라고 요청했다. 국민들은 공직자가 퇴직 후 사기업으로 직행하는 것에 대해 반감을 갖는다. 따라서 민심을 자극하는 이런 기사는 언제든 먹힌다. 예상대로 비판 여론이 조성돼 A기업은 의도했던 목적을 달성할 수 있었다.

소위 '크레믈린' 스타일 공보 활동이 가능한 조직은 많지 않다. 대부분의 공보역은 기자와의 관계에서 수세에 놓인다. 따라서 조직 입장에서는 소통이 잘되고, 기자들과 선린 관계를 잘 이어 나갈 수 있는 사람이 필요하다. 소통은 그냥 이뤄지지 않는다. 기자들의 행동 패턴과 언론 생태계에 대한 이해가 필요하다. 이들의 의도와 니즈(needs)를 정확하게 읽고 대응해야 한다.

그런데 이토록 중요한 공보 관련 보직을 보은성 인사로 채우면 문제가 된다. 정부든 국회든 선거에 이기면 논공행상을 한다. 당연한 일이다. 하지만 논공행상 못지않게 중요한 일이 인재를 적재적소에 배치하는 일이다. 선거에 공이 있다고 깜냥 안 되는 사람에게 중요한 자리를 내주면 화근이 된다. 공보뿐만 아니라 전문성이 필요한 외교와 국방, 정보 등 주요 직책은 엽관주의에 따라 움직이면 안 된다. 이러한 업무는 하고 싶다고 할 수 있는 일이 아니다. 무수히 많은 이해 관계자와 얽히고설킨 네트워크를 잘 구축하고, 축적된 유·무형의 신뢰 자본을 유지해야 한다. 시시각각 변하는 동향에 발맞춰 포석을 놓는 판단력이 필요하다. 권력을 잡았다고 정책 기조를 일

거에 확 바꿔 버리면, 누구에게도 신뢰를 얻기 어렵다.

약속의 무게는 우리가 생각하는 것 이상의 가치를 가진다. 자칫하면 애써 구축한 신뢰 자본을 깎아 먹을 수 있다. 집권 세력이 완장 값을 못하면 기관 위상은 낮아지고, 거래선(線) 확보가 점점 힘들어진다. 이래서는 다자 무대에서 인정받기 어렵다.

대표적인 사례가 국정원이다. 정권 교체기마다 함량 미달 인사들이 낙하산으로 줄줄이 원장에 임명됐다. 이들은 매번 어설프게 행동하다 여기저기서 조롱당하기 일쑤였다. 테러단체와 협상한 언더커버^{under cover} 요원을 취재진 앞에 데리고 나와 자랑하듯 과시하던 한 국정원장의 모습이 잊히지 않는다. 이 장면을 본 각국 정부와 정보기관이 한국의 국정원을 어떻게 생각했을지 궁금하다. 저급한 인사들에게는 과거 중앙정보부, 안기부 시절 그토록 높아 보였던 자리에 한 번 앉아 보는 게 소원이었는지 모른다. 하지만 분수에 안 맞는 옷을 걸친 결과는 징역살이와 겹겹이 쌓인 송사(訟事), 그리고 국격의 후퇴다. 군 정보기관도 마찬가지다. 정권이 바뀔 때마다 매번 명칭이 달라진다. 심각한 외풍에 시달린다는 증거다. 2019년 방영된 드라마 〈베가본드〉에는 대통령이 국정원장의 **뺨**

을 후려치며 다음과 같이 말하는 장면이 나온다.

"한강물 수질 관리하던 놈 국정원장 앉혀 놨더니…"

인사가 만사다. 드라마 장면일 뿐이지만 이 대사에는 정치의 지나친 영향과 간섭 아래 제 기능을 수행하지 못하고 있는 주요 기관의 암울한 현실이 녹아 있다고 본다.

공보도 마찬가지다. 가장 위험한 인물은 예스맨과 말 많고 사리사욕이 강한 사람이다. 이런 기질이 엿보이면 공보역을 맡기면 안 된다. 규모 있는 조직은 상대적으로 여론 변화에 둔감하다. 최선을 다했는데, 여론이 좋지 않으면 대부분 언론 탓을 한다. 자신들은 최선을 다하고 있는데 쓸데없이 물어뜯는다는 취지다.

2023년 5월 김성문 고위공직자범죄수사처(공수처) 수사2부장이 사직하면서 동료와 선후배들에게 고별 메시지를 남겼다. 여기에는 당시 공수처 수뇌부가 자신들을 향한 비판 여론을 어떻게 생각했는지 짐작할 수 있는 내용이 담겼다.

"검찰이 일부 언론과 짜고 공수처를 죽이려고 한

다는 등의 말들이 수시로 오가는 간부회의 분위기에서 저의 다른 의견이 받아들여질 여지는 많지 않았습니다. (중략) 공수처에 대한 비판 기사가 나올 때마다 보안이 취약하다고들 하는데, 수사 또는 이에 준하는 업무 관련 기밀사항이 유출된 것이 아니라 공수처 내부의 분위기나 기밀과 무관한 일에 관한 보도를 보안과 결부시키는 것은 적절하지 않다고 생각합니다. (중략) 자신의 언행에 관한 비판적인 보도가 있다면 먼저 자신의 언행이 문제가 없었는지 살펴보아야 하는 것이지, 내부의 일을 외부에 알린 사람을 탓할 일은 아니라고 생각합니다."[1]

여론 악화는 대부분 소통 부재에서 기인한다. 조직은 체질적으로 내부 분위기나 업무 내용을 공개하기 꺼린다. 이 과정에서 마찰이 생길 수 있다. 따라서 공보역은 외부 변화를 몇 수 앞서 관찰한 뒤 적절한 대책을 제언하고 시행할 필요가 있다. 쏟아지는 질문에 기계적으로 대응하는 것은 공보의 본령이 아니다. 촘촘하게 공보정책

---

1) 「김진욱·여운국 겨눴다… 공수처 떠나는 부장검사 작심비판」, 『중앙일보』, 2023.05.22.

을 설계하고, 변수가 많은 커뮤니케이션 위기에 대응할 수 있는 시스템을 마련해야 한다.

아첨꾼들은 윗선 비위만 맞추느라 이런 현실을 알고도 무시한다. 언론의 생리를 잘 모르는 조직 수뇌부는 비판 기사가 나오면 일단 기자 탓을 하게 된다. 여기서 올바른 조언을 하지 못하고 엉터리 결정에 장단 맞춰 언론을 적대하면 대외협력 네트워크가 파괴된다. 그러면 역풍을 맞는다. 결국 여론을 바로잡겠다며 언론중재위원회를 들락거리게 되는데, 이는 장기적으로 큰 손실이 된다. 앙심을 품은 기자와 언론이 보복감정을 갖기 때문이다. 직언(直言)을 할 사람을 공보역에 임명해야 한다. 듣기 좋은 말만 하거나 커뮤니케이션 위기에 대처할 능력이 없는 아마추어는 임명해서는 안 된다. 언론과 쓸데없이 갈등을 빚을 수 있다. 공보는 어느 자리보다 인선에 신경 써야 한다.

쉬운 기사 작성법

PART 2

기자의 시선

1. 말빚을 남기면 안 된다

> **"기자, 언론인들은 혁명적인 사상공세의 기수,
> 나팔수가 되자"**
>
> (전략) 우리의 전체 기자, 언론인들은 온 사회의 김일성주의-김정일주의와 강성국가건설 위업의 최후 승리를 앞당겨 나가는 오늘의 혁명적인 사상공세에서 당사상전선의 제일근위병으로서의 영예를 높이 떨쳐 나가야 할 것이다. (후략)
>
> - 『로동신문』 '사설' 발췌,[2] 2014.05.07.

　북한의 『로동신문』은 언론이 아니다. 언론의 숙명인 권력에 대한 비판과 견제 기능을 수행할 수 없기 때문이다. 『로동신문』 스스로도 이를 자인한다. 2014년 5월 게재된 사설을 보면 『로동신문』은 소속 기자들의 역할을 당과 수령을 보위하는 것으로 규정짓고 있다. 이러한 기조는 "출판보도물은 당의 수중에 장악된 강력한 사상적 무기다"

---

2) 이기우, 『북한의 선전선동과 로동신문』 패러다임북, 2015.

라는 김일성 교시에 따른 것이다. 외양은 언론이지만 실체는 정치 선전과 지배 이데올로기를 재확산하는 프로파간다 도구에 불과하다. '괴벨스의 주둥이'로 불린 나치 독일의 국민 라디오(Volksempfänger)와 다를 바 없다.

1990년대 중반 극심한 경제 위기가 닥치자 북한은 '고난의 행군' 시기를 맞이했다. 수십만 명이 굶어 죽고 아이들이 꽃제비로 전락하자 민심이 흔들리기 시작했다. 온 국민을 세뇌해 수령 일가를 신격화하고, 나라의 빗장 문을 꽁꽁 걸어 잠가도 내부 불만이 커지는 건 막을 방도가 없었다. 지도부에 대한 신뢰가 떨어지자 『로동신문』은 「쪽잠과 쵀기밥」이라는 기사를 띄우며 "김정일이 쪽잠을 자고 쵀기밥(주먹밥)을 먹으며 인민들을 걱정한다"는 선전 메시지를 대대적으로 배포했다. 기사의 효과는 대단했다. 주민들의 바닥 정서에 잠재된 신앙심에 다시 불이 붙었다. 수령의 마음 씀씀이에 감읍한 민심은 한층 누그러들었고, 김정일은 용케 위기를 모면할 수 있었다. 이 기사를 쓴 기자는 공화국 영웅 칭호와 함께 평양 시내의 아파트와 자동차를 받았다고 한다.

그런데 같은 시기 김정일의 전속 요리사로 일한 후지모토 겐지가 쓴 수기에는 「쪽잠과 쵀기밥」 기사와 정반대의 내용이 담겨 있다. 사람들이 굶어 죽고 나라 경제가 풍비박산 나는 와중에도 김정일은 생선회와 철갑상어 요리 등 산해진미를 즐겼으며, 코냑과 최상급 와인 등 고급 술을 매일같이 마셨다고 했다. 이 증언이 사실이라면『로동신문』은 철저하게 인민을 농락한 셈이다. 주민들의 고혈로 호의호식하는 권력층을 위해 거짓된 필봉을 휘두른 말빚이 새삼 크게 느껴진다.

글쓰기는 업보를 쌓는 행위다. 따라서 글을 짓는 데 신중해야 한다. 별것 아닌 악성 댓글 때문에 스스로 목숨을 끊는 사람도 있다. 그 피 값과 죄업은 작성자에게 고스란히 돌아갈 것이다. 아름다운 수필로 이름을 떨친 법정 스님은 "그동안 풀어 놓은 말빚을 다음 생에 가져가지 않으려 하니 부디 내 이름으로 출판한 모든 출판물을 더 이상 출간하지 말아 달라"는 유언을 남겼다. 맑은 글을 써 온 법정 스님조차 말빚을 남길까 봐 두려워했다. 그만큼 무겁고 엄중한 것이 글이다.

계공다소량피래처(計功多少量彼來處)
촌기덕행전결응공(村己德行全缺應供)
방심이과탐등위종(防心離過貪等爲宗)

정사양약위료형고(正思良藥爲療形枯)
위성도업응수차식(爲成道業膺受此食)

스님들이 식사 전 암송하는 오관게(五觀偈)다. 풀이하면 "온갖 정성이 두루 쌓인 이 공양을 부족한 덕행으로 감히 받습니다. 탐심을 버리고 허물을 막으며, 바른 생각으로 육신을 지탱하는 약으로 삼고, 도를 이루고자 먹습니다"라는 뜻이다. 일하지 않는 자는 먹지도 말라는 말이 있다. 게송에는 귀한 음식을 시주받았으니, 열심히 도를 닦아 밥값을 해야 한다는 의식이 깔려 있다. 구도자다운 발상이다.

기사를 쓰기 전에도 오관게와 같은 자경문이 필요하다고 생각한다. 구도자의 '밥값' 의식만큼 기자의 '말빛' 의식도 중요하다. 부족한 덕행으로 공론(公論)을 올리는 직업인 만큼 무거운 책임감이 요구된다. 공적 의식 없이 펜대를 휘두르면 업보만 쌓인다. 나름대로 집필 전에는 오관게를 흉내 내어 다음과 같은 질문을 던지곤 했다.

"엄정하게 팩트를 체크했는가. 기사가 공공의 이익
에 도움이 되는가. 활자로 남길 가치가 있는가."

글은 사람을 죽일 수도 있고, 살릴 수도 있다. 아무렇게나 키보드를 두드려선 안 된다. 작은 기사 한 토막에도 성심을 다해야 한다. 기자는 글의 무게를 알아야 한다. 죽어서 심판대에 오르면 반드시 살아생전 쓴 글을 평가받을 것이다. 그 저울의 무게를 인식하며 글을 써야 한다.

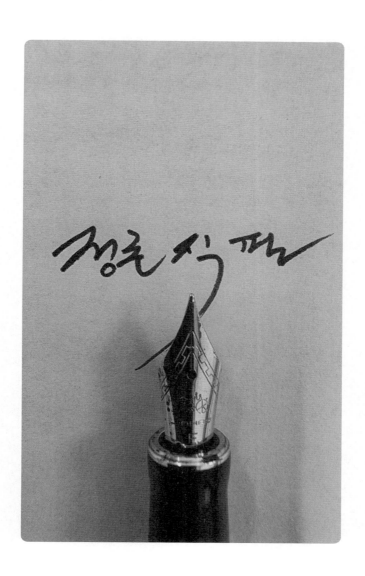

2. 약자를 편들까요? 진실을 따를까요?

　언론은 억강부약(抑强扶弱)의 역할을 실천한다. 강자는 누르고 약자는 높인다. 갑(甲)을 견제하고 을(乙)은 도와주며, 강한 기운은 빼고 약한 기운은 보충한다. 이러한 원리를 통해 언론은 기울어진 운동장을 복원한다. 이는 사회 균형을 유지하는 필수 요소다.

　억강부약의 원리가 작동하지 않으면 사회는 균형감을 상실한다. 우왕좌왕하다 어느 순간 한쪽으로 확 쏠린다. 그다음은 다른 생각을 허용하지 않는 전체주의 사회다. 따라서 언론에게 성역은 있을 수 없다. 어떤 권력을 향해서도 비판의 칼날을 들이댈 수 있어야 한다. 끝까지 할 말을 해야 한다.

　권력과 강자라고 해서 정부·법원·검경·종교·자본만 떠올려서는 안 된다. 권력의 실체를 피상적으로 인식하면 본질을 파악하기 어렵다. 군중심리에 기댄 무형의 문화 권력이나 친분관계, 언론 스스로를 향한 비판처럼 자기검열을 하게 만들어 사상과 표현의 자유를 옥죄는 모든 실력 행사가 권력이다. 이처럼 실체 없는 권력이 때로는 더 강력한 힘을 발휘하기도 한다.

2013년 학계를 떠들썩하게 만든 세종대 박유하 교수의『제국의 위안부』사태는 이러한 맥락과 닿아 있다. 일문학자인 박 교수는 그동안 한국 사회에서 터부로 여기던 위안부 문제에 실증적으로 접근했다. 우리는 위안부에 대해 '총칼을 든 일본군이 강제로 끌고 간 어린 소녀들'이라는 단선적인 이미지만 허용한다. 민족 감정과 연결된 사회 공기는 대단히 억압적인 기제다. 절대로 무시할 수 없다. 여기에 이론을 제기하는 순간 이유 여하를 불문하고 '반민족', '친일파'라는 불명예스러운 낙인이 찍히게 된다.

박 교수는 책에서 일제강점기 많은 위안부들이 일본군에 의해 강제 연행된 것이 아니라 주로 조선인들로 구성된 모집책의 유인에 넘어가 위안부가 됐다고 주장했다. 일본 제국주의나 우익의 논리를 옹호한 게 아니다. 사료에 충실한 연구를 통해 얻은 결론이다. 그는 위안부 제도를 통해 당시 사회에 만연했던 구조적 야만성을 폭로하고, 실체적 진실에 접근하려 애썼다. 그러나 출간 이후 박 교수는 엄청난 비난과 송사에 시달려야 했다. 박 교수의 책은 분서갱유(焚書坑儒) 수준으로 지탄받았다. 결국 34곳이 넘는 부분을 수정하거나 삭제해야 했다.

박 교수의 연구 내용과 방식에 대한 문제 제기는 얼마든지 가능하다. 이는 출간 당시나 지금이나 변함이 없다. 그의 주장에 동의할 수 없으면 꼼꼼하고 체계적인 연구로 논파하면 그만이다. 그러나 박 교수에게 쏟아진 비난은 대부분 군중심리에 바탕을 둔 분별없는 악다구니에 지나지 않았다. 합리적인 반박 없이 무언의 대중 정서에 기대 학문과 표현의 자유를 억압하고 사상까지 통제하려고 하는 것은 파시즘에 불과하다. 이러한 사고(思考)의 무능을 민족주의나 애국으로 포장해서는 안 된다. 그런 행동은 야만이다. 사회 갈등에 기생하는 무리에게 힘을 실어 줘 공동체 몰락을 부추길 따름이다.

강자와 약자에 대한 선입견도 버려야 한다. 겉으로는 갑(甲)처럼 보여도, 실제로는 을(乙)인 경우가 있으며, 반대로 을(乙)로 행세하지만 실제로는 갑(甲)인 경우가 비일비재하다. 언론과 시민사회는 관성적으로 피해자를 두둔하고, 약자를 옹호한다. 이러한 특성을 이용해 교묘하게 '을질'을 하는 사례가 최근 급격히 늘었다. 언론도 스스로 만든 허상적 프레임에 갇혀 허우적대거나, 도식적인 판단만 앞세우다 교활한 무리에게 이용당하곤 한다. 안타까운 모습이다. 기자는 이 같은 상황을 경계하고 현상에 얽매이지 않도록 깨어 있어야 한다.

억강부약의 원칙에도 한계가 있다. 진실의 경계를 넘어서는 안 된다. 약자를 위한다고 증거를 조작하고, 거짓말을 하고, 실체 없는 내용을 작출(作出)해서는 안 된다. 구약성서에는 '공평'의 가치에 대한 언급이 나온다.

> 너는 거짓된 풍설을 퍼뜨리지 말며 악인과 연합하
> 여 위증하는 증인이 되지 말며
> 다수를 따라 악을 행하지 말며 송사에 다수를 따라
> 부당한 증언을 하지 말며
> 가난한 자의 송사라고 해서 편벽되이 두둔하지 말
> 지니라.[3]

쉽게 말해 가짜뉴스를 퍼뜨리지 말고, 다수 여론에 편승하지 말며, 약자라고 해서 무조건 편들지 말라는 취지다. 5천 년 전의 율법 내용이지만 현대사회에도 무리 없

---

3) 출애굽기 23장 1~3절.

이 적용된다. 원래는 재판관에게 전하는 메시지다. 하지만 언론인들도 새겨들어야 하는 말씀이라고 생각한다.

몇 년 전 어떤 단체에서 발생한 '노(勞)·노(勞)' 갈등을 취재한 적이 있다. 통상적인 노사 갈등이 아닌 노동조합끼리의 특수한 분쟁이었기 때문에 신중한 접근이 요구됐다. 양측 입장을 모두 들어 보니, 법리적으로나 현실적으로 한쪽의 주장이 더 합리적으로 다가왔다. 그러자 반대편 대표가 다음과 같이 말했다.

"역사적으로 볼 때 기계적 중립은 실체적 평등과 정의를 저해하는 경우가 많았습니다. 이 점을 감안해 기사를 써 주셨으면 합니다."

말은 그럴싸했지만, 공감이 가지 않았다. 자신들이 약자이니 일방적으로 편들어 달라는 취지인데, 그렇다고 사슴을 가리켜 말이라고 할 순 없는 노릇이다. 심지어 이들은 객관적으로 '약자'로 보기도 힘들었다. 의견을 풍성하게 담을 수는 있지만, 사실관계를 왜곡하는 것은 금물이다. 언론의 억강부약 논리도 진실이라는 강을 마주하면 거기서 멈춰야 한다. 기자가 어떤 주의(ism)에 빠져

쉬운 기사 작성법

치우친 기사를 쓰는 일은 지양해야 한다. 언론은 사회적 공기(公器)다. 사견을 올리는 개인 블로그나 SNS 게시판이 아니다. 한번 진실의 강을 건너면 영영 돌이킬 수 없게 된다.

3. 진실은 틈새에 숨어 있다

태평양 전쟁이 한창이던 1943년 2월 9일 오후 7시. 일본군 총지휘부인 대본영에서 성명을 발표했다.

> "솔로몬 군도의 과달카날섬에서 작전 중인 부대는 작년 8월 이후 잇따라 상륙한 우세한 적군을 같은 섬 일각에서 압박하고 과감하게 격전을 치러 적의 전력을 분쇄해 왔다. 이제 소기의 목적을 달성하고 2월 상순 이 섬을 떠나 다른 곳으로 옮겨 가게 되었다. 시종 적을 강하게 압박해 굴복시킨 결과 양 방면에서 엄호 부대의 **전진(前進)**은 대단히 질서정연하고 확실하게 진행되고 있다."4)

2차대전 당시 일본 대본영은 유례를 찾을 수 없는 바보 집단이었다. 하나부터 열까지 엉터리 작전과 거짓말

---

4) 오사카 마사야스, 『쇼와 육군』 글항아리, 2016.

로 일관했다. 최상급 지휘관부터 말단 병사에 이르기까지 제대로 된 모습을 찾아보기 힘들었다. 굴러간 것이 신기할 따름이다. 가끔 일본 우익 영화를 보면 태평양 전쟁에 참여한 군인들을 기백 있고 의연하게 묘사하곤 하는데, 실제 역사적 사실과 너무도 다른 모습에 실소가 나올 뿐이다.

언급한 성명도 자못 엄숙한 단어와 문장으로 이뤄져 있지만, 실상은 웃기는 코미디에 가깝다. 일본군은 1942년 8월부터 호주 북부에 있는 과달카날섬을 탈환하기 위해 6개월간 수많은 병력을 투입했다. 하지만 전투 결과는 참혹했다. 2만 명 가까운 병력이 몰살당하고, 892대의 항공기를 잃었다. 이때 조종사 1,881명도 함께 죽었다. 조종사는 양성에 오랜 시간이 걸리는 정예 군인이다. 그런데 이 전투에서 금쪽같은 조종사를 대거 잃은 것이다. 엄청난 손실을 입은 일본군은 이후 끊임없는 조종사 부족에 시달렸다. 급하게 키운 미숙련 조종사를 계속해서 실전에 투입하고, 이들은 미군의 손쉬운 먹잇감으로 전락하는 악순환을 반복했다.

결국 한계에 다다른 일본군은 과달카날섬을 포기하고 잔존 병력을 철수해 후방으로 퇴각하기로 했다. 여기까지가 대본영 발표가 나오게 된 배경이다. 그런데 성명문에는 사실과 부합하는 내용이 하나도 없다. '압박', '분쇄', '격전', '우세'와 같은 장황하고 추상적인 수식어만 가득하다. 클라이맥스는 단연 '전진(前進)'이다. 전투에서 패하고 후퇴하는 행동을 전진이라 표현한 건 대본영이 유일하지 않을까 싶다.

나루시마 이즈루 감독이 메가폰을 잡은 영화 〈연합함대 사령관장 야마모토 이소로쿠〉(2011)에는 이를 둘러싼 상황이 묘사된다. 영화에서 『도쿄일보』의 기자 신도는 대본영 발표를 듣자 "도대체 '전진'이란 무슨 뜻이냐"며 "사실상 철수한 것 아니냐"고 묻는다. 그러자 선배 기자는 "전진은 앞으로 나아간다는 의미로, 우리 군대는 목표를 달성하고 원래 목적지로 나아갔다"며 "그걸 전진이라 표현하지 그럼 뭐라고 말하겠느냐"고 쏘아붙인다.

신도는 다시 "이미 국민들은 참패 사실을 알아 가고 있다"며 "우리 의무는 진실을 국민에게 전달하는 것 아니었냐"고 따졌다. 그러자 선배는 "우리 신문의 사명은 국민을 옳은 길로 나아가게 하는 것이고, 우리 군의 영광스러운 전과를 통해 의식을 고취시키는 것"이라고 압박하며 반론을 묵살한다.

　　　　　　　　　　　쉬운 기사 작성법

서울 마포구에 있는 구 일본군 장교 관사

숨기고 싶은 내용이 많을수록 대본영처럼 말장난을 한다. 각종 정당과 단체, 기업·기관 성명서와 보도자료를 읽을 때 이런 점에 유념해야 한다. 공보 라인은 유리한 것은 알리고, 불리한 것은 감춘다. 공보의 숙명이지만 여기에도 원칙이 필요하다.

먼저 공당(公黨)과 정부는 거짓말을 해서는 안 된다. 논란의 여지가 있다면 해석과 입장을 부연할 순 있다. 하지만 정도가 지나쳐 지록위마(指鹿爲馬)나 견강부회(牽强附會)가 되면 곤란하다. 국민은 바보가 아니다. 후퇴를 '전진'이라 표현한 대본영처럼, 국민을 기만하면 파국을 맞는다.

현재 우리 정치권을 바라보는 시선은 그 어느 때보다 냉랭하다. 거짓말을 너무 많이 해서다. 지지층만 바라보고 서로 아귀다툼을 하다 보니 이제는 부끄러움조차 잊었다. 속이고, 부인하고, 적반하장으로 우기는 게 일상이다. 곪을 대로 곪아서 더 이상 자정 활동이 가능할지 의문이다.

기업도 경우에 따라 정부나 공공기관 못지않은 사회적 책임을 부담할 때가 있다. 영리 추구가 목적이어도, 공동체의 이익을 염두에 두어야 한다. 자사 제품에 문제가 발생하거나, 임직원이 물의를 일으키면 최대한 정직하게 처신하는 것이 좋다. 앞장서서 공론화를 자처할 필요는 없지만, 문제가 제기되면 성의껏 커뮤니케이션해야 한다. 우리나라 기업 홍보의 문제점은 크게 두 가지다. 먼저 오너 리스크를 관리하는 데 과하게 치중한다. 둘째는 정치권의 구태를 닮아 실수를 인정하는 데 인색하다. 기업들이 배포한 자료는 위와 같은 점을 감안해 검증해야 한다.

그러면 어떻게 거짓말을 가려내는가. 간단하다. 대본영 성명을 분석하듯 접근하면 된다. 일단 주장을 걷어 내

쉬운 기사 작성법

고 객관적 사실만 남긴다. 그다음 혁신·미래·발전·균형·공평·평등·애국·민족·시민·정의 등 문장에 붙어 있는 미사여구를 모두 없애거나 가치중립적 단어로 바꾼다. 이 정도만 해도 대략 윤곽이 나온다. 한번은 모 국회의원실에서 배포한 네 페이지짜리 보도자료를 읽은 적이 있다. 위와 같은 원칙을 적용했더니 쓸 만한 내용이 1~2줄밖에 남지 않았다. 이 정도 소재를 가지고 10배로 부풀리는 의원실이 대단하다고 해야 할지, 웃음밖에 나오지 않았다.

말이 넘치는 사회다. 말 사이에 빠져 허우적대지 않기 위해서는 '말 같지 않은 말' 사이에 가려진 실체로 직행해야 한다. 진실은 틈새에 숨어 있다. 단어의 주변부에 다닥다닥 붙은 뉘앙스에 현혹되지 말고 글자를 건조하게 말린 다음, 조심스레 진실을 건져내야 한다.

4. 본질과 현상에 관하여

1930년대 초반 유럽에는 소련에 대한 환상이 있었다. 많은 사람들이 소련을 '유토피아' 실험장으로 여겼고, 스탈린에 대해서도 상대적으로 우호적인 시각을 갖고 있었다.

"소련이 성공한다면 인류는 정말 행복해질지도 몰라."

유럽의 지식인들은 사회주의를 혁신이라 여기며 마음속으로 응원하고 있었다. 이러한 종교적 믿음에 보답하듯 소련은 전 세계에 불어닥친 불황에도 엄청난 생산성을 기록했다. 유럽의 클럽과 사교장에는 늘 소련이 화두로 떠올랐고, 언론계에서는 소련에 친화적인 기사들이 쏟아졌다.

하지만 영국 로이드 조지 총리의 외교 보좌관이자 프

리랜서 기자로 일했던 게러스 존스^{Gareth Jones, 1905~1935}는 의심을 품었다. 경기 불황과 내전으로 경제가 파탄 직전인데, 소련이 어떻게 그토록 높은 생산성을 유지할 수 있었을까.

존스는 통계수치와 실물 경제 사이에 놓인 터무니없는 간극을 직접 검증하기로 했다. 정말로 '사회주의 계획경제'의 우월성이 드러나고 있는 것인지 두 눈으로 확인하기 위해 1933년 모스코바로 향했다. '극장 국가' 소련도 미리 짜 놓은 각본대로 존스에게 연출된 모습만 보여 주려 했다.

하지만 존스는 소련의 감시망을 뚫고 몰래 빠져나와 여행 금지구역인 우크라이나를 찾았다. 그리고 그곳에서 스탈린이 엄청난 수탈을 자행하고 있다는 사실을 발견했다. 애초에 혁신 따위는 존재하지 않았다. 소련의 높은 생산성은 체제 우월성에서 기인한 것이 아니라, 수백만 명을 굶겨 죽이며 곡식과 생산물을 가로채는 잔혹한 수탈에 의존하고 있었다.

훗날 '홀로도모르(Holodomor)'로 불린 1934~1935년

우크라이나 대기근은 존스의 현장 취재를 통해 처음으로
서방 세계에 알려졌다. 하지만 사회주의 경향이 짙었던
지식인들과 언론은 이 같은 사실을 인정하려 하지 않았
다. 사람은 믿고 싶은 것만 믿는다. 훗날『동물농장』을 써
서 소련 사회의 모순을 비판한 작가 조지 오웰도 처음에
는 존스를 의심했다. 실의에 빠진 존스는 방황을 거듭하
다 1935년 내몽골에서 30살의 젊은 나이에 의문의 죽음
을 당했다. 그의 암살 배경에는 소련 정부의 개입이 있었
던 것으로 전해진다.

　기자에게는 현상과 본질을 구분할 줄 아는 분별력이
필요하다. 현상은 주로 말, 글을 통해 묘사된다. 언어로
사고하는 인간은 용어와 문법에 큰 영향을 받는다. 번지
르르한 말과 글에 사람들이 쉽게 속아 넘어가는 이유다.
그런데 언어로 묘사된 현상이 정말 본질일까? 그 너머에
다른 불편한 진실은 없을까?

　긍정적인 정서를 환기하는 언어로 정교하게 포장
하면, 사람들은 깊이 생각하지 않고 "아, 좋은 건가 보
다" 하고 쉽게 판단하는 경우가 많다. 일종의 휴리스틱
(heuristics)[5]이 작용한다. 그리고 한번 생각이 고착되면

---

5)　시간이나 정보가 불충분하여 합리적인 판단을 할 수 없거나, 체계적이고 합리적

웬만해서는 잘 바뀌지 않는다. 이성이 아닌 정서의 영역으로 내려가기 때문이다. 정서는 무의식의 세계에서 작동한다. 이성의 손이 닿지 않는 곳에 착근(着根)한 정서는 논리만으로는 해체하기 어렵다. 어지간해서는 변하지 않는다. 이런 방식으로 사람 마음에 하나의 프레임이 형성된다. 선전·마케팅 기술자들은 이러한 심리적 속성을 이용해 사람들 마음속에 어떻게든 유리한 메시지를 집어넣으려 한다.

플랫폼, 스타트업. 이런 단어를 들으면 어떤 이미지가 떠오를까. 아기자기한 이모티콘이나 젊고 활력 넘치는 장면을 떠올리는 사람이 많다. 무조건 저렴하고 편리한 것이라고 생각할지 모르겠다. 하지만 이렇게 밝고 긍정적인 이미지가 전부는 아니다.

2020년부터 법조계는 변호사 소개 플랫폼이 화두로 떠올랐다. 변호사법은 변호사에 대한 유상 소개·유인·알선을 금지하고 있다. 1990년대 후반 대형 법조비리 사건이 잇달아 발생하자, 법조 브로커에 의한 수임질서 왜곡을 막기 위해 생긴 조항이다. 2014년 설립된 L사는 온라인 사이트와 모바일에 기반한 변호사 소개 플랫폼을 만

인 판단을 할 필요가 없는 상황에서 신속하게 사용하는 어림짐작의 기술.

들었다. 변호사업계는 이를 '중개'라고 판단했지만, L사는 '광고'라고 주장했다. 서로의 주장이 평행선을 달리다, 소송전으로 비화됐다.

처음에는 변호사 소개 플랫폼에 대해 우호적인 생각이 있었다. 막연하긴 했지만 소비자 입장에서 싸고 편리할 것이라 생각했다. 변호사 정보나 서비스에 대한 정보가 극히 적었던 현실도 한몫했다. 하지만 세세하게 뜯어보니 이상한 점이 상당히 많았다. 무엇보다 과도한 적자 마케팅과 향후 매몰 비용 회수에 관한 의구심이 들었다.

　"도대체 누가 돈을 대는 거지? 나중에 이 손실은
　어떻게 회수하지?"

많은 플랫폼 기업들이 매년 적게는 수억에서 많게는 수백억에 가까운 적자를 내며 공세적으로 사업을 확장한다. 대부분의 투자 비용은 광고와 마케팅에 집중된다. 유명 배우를 홍보모델로 기용하고, 대대적인 브랜딩(branding)에 나선다. 모바일 인터페이스와 홈페이지를 최대한 친숙하게 꾸미고, 다양한 프로모션을 기획해 모객을 한다. 이 단계에서 '밑지고 파는' 기획 상품과 서비스가 나와 소비자 마음을 사로잡는다. 당연히 손실이 눈덩이처럼 커질 수밖에 없는데, 이때 금융자본이 적자를 감내할 수 있는 뒷배가 되어 준다. 투자자들은 천사가 아니다. 누구보다 냉혹한 자본 논리에 충실하다. 플랫폼이 시장을 완전히 집어삼키면, 그동안 투자한 비용은 물론 막대한 이윤까지 보장받을 수 있다고 판단해 전주(錢主)를 자처한다. 세상에 공짜는 없다. 독과점을 형성한 뒤에는 시추공이 유정(油井)에서 기름을 좍좍 뽑아내듯 그동안 들인 매몰비용은 물론이거니와 엄청난 수익을 가져갈 가능성이 높다. 상승 비용에 대한 부담은 고스란히 공급자와 소비자의 몫이다. 우리 사회는 플랫폼 업체가 장악한 업역에서 극소수 경영진만 벼락부자가 되고 공급자(자영업자)와 소비자, 플랫폼 노동자는 말 그대로 '봉'이 되는 사례를 수도 없이 목격했다.

두 번째로 법률시장이 지닌 특수성과 플랫폼 사이의 부조화가 마음에 걸렸다. 플랫폼은 특성상 시장의 플레이어가 아닌 시장 자체를 대체하는 속성이 있다. 따라서 시장을 종속하는 경향이 강하고, 한번 독과점을 형성한 후에는 자신이 구축한 생태계 내에서 무소불위의 권한을 갖게 된다. 이 같은 시장 권력의 비대칭은 장기적인 관점에서 소비자 후생을 약화할 수 있다. 사실상 플랫폼 독과점이 이뤄진 요식 배달업과 택시, 숙박업 사례를 통해 그 부작용이 수면 위로 떠오르는 중이다.

플랫폼 산업에는 빛과 그림자가 공존한다. 상업적 영역에서는 적절한 견제와 통제 장치를 마련해 플랫폼의 긍정적 효과를 높이고, 후과(後果)는 줄일 수 있다. 또 부작용으로 인한 폐해를 사후에 조정해도 치명적인 문제로 비화되지는 않는다. 하지만 국방과 법률, 의료 시장은 다르다. 세 분야는 국민의 생명과 자유, 재산권과 직결된 공공영역이다. 섣불리 자본 논리가 개입되면 돌이킬 수 없는 문제가 발생한다. 그렇기에 국가는 '용병 플랫폼'이 아닌 국민군에 국방을 맡기고, 무면허 시술자가 아닌 의사에게 진료를 맡긴다. 법률도 마찬가지다. 국민 기본권과 법익 보호를 위해 최소한의 공공성을 유지할 필요가 있다. 변호사들은 광고와 영업, 운영 방식에 있어서 다른 업태에 비해 규제 강도가 높다. 심지어 법무법인은 주식회사로 설립하는 것조차 금지된다. 주식회사의 주인은 주주이므로, 법률가들이 주주 자본주의에 예속되는 일을 방지하기 위해서다. 덮어놓고 플랫폼을 혁신이라 말하기 전에 이러한 측면을 충분히, 그리고 사려 깊게 고려할 필요가 있었다.

마지막으로는 영업의 실질이 마음에 걸렸다. 법률플랫 폼 기업들은 광고를 표방한다. 하지만 일반적인 광고대 행과는 성격이 다르다. 플랫폼 기업의 고유 브랜드가 돋 보이고, 소비자들이 변호사 개인보다 플랫폼에 의한 신 뢰를 우선하여 변호사를 선택하도록 유인한다면 일종의 '중개형 광고'이거나, 혹은 '광고형 중개'에 해당한다는 판 단이 들었다. 2023년 9월 법무부도 법률플랫폼 가입 변 호사들에 대한 징계취소 결정을 하며 해당 플랫폼이 가 입 변호사와 이해관계가 있다는 소비자 오인을 불러일 으킬 정도로 자기 상호를 드러낸 잘못이 있다고 했다. 이 지점은 논란의 여지가 있다. 하지만 별다른 규제가 없다 면 플랫폼의 특성상 '중개 영역'이 강화되는 쪽으로 흘러 갈 가능성이 높다. 중개를 통해 수익이 창출될 공산이 크 기 때문이다. 결국 자본에게는 준공공영역인 법률시장 진출의 우회로가 생기게 되고, 입법자가 변호사법을 통 해 방지하려 했던 문제가 불거질 수 있다.

앞서 언급했듯이 국내 법률시장은 높은 규제 때문에 시장 규모가 연간 6조 원 안팎에 머문다. 수임 경로도 다 양하지 않다. 대법관을 지내도 퇴임하면 돈을 벌겠다고 변호사 개업을 해서 도장 값을 받는 세상이다. 이렇게 취약한 상황에서 속절없이 투자 자본 진출을 허용하면 법조계 전체가 휘둘릴 우려가 있다. 역시 엄중한 사안이어서 엄벙덤벙 허용하기보다는 꼼꼼한 제도 설계와 사회적 합의가 선행돼야 한다는 생각이 들었다.

그러나 여론은 대부분 플랫폼 업체의 손을 들어 주었다. 그동안 폐쇄적 구조를 유지하며 소통에 소홀했던 변호사업계가 실기한 탓도 있다. 하지만 플랫폼의 특성과 법률시장의 구조적 특수성을 입체적으로 조망하고, 비판과 우려 사항을 엄밀하게 분석하기보다는 '혁신'과 '리걸테크'라는 막연하고 희뿌연 관념이 주는 암시에 언론이 너무 쉽게 마음을 준 측면도 있다고 본다. 플랫폼 업체들도 여론이 기울어졌다는 사실을 눈치채고 이러한 언론 레버리지 상황을 십분 활용했다.

기자는 그럴싸한 화법과 막연한 이미지에 쉽게 넘어가지 말아야 한다. 기표와 기의 사이에는 늘 함정이 도사리고 있다. 기업·정부 홍보기사는 대부분 듣기 좋은 말로 점철되어 있다. 하지만 이면에는 냉혹한 자본과 권력의 논리가 숨겨져 있다. 주의 깊게 관찰하여 무엇이 국민의 이익으로 이어질 수 있는지 분별해야 한다. 언론은 강자와 약자의 싸움에서 약자의 편을 들어 균형을 맞추려는 속성이 강하다. 하지만 '강약 구도'보다 중요한 것은 옳고 그름이며 그 바탕에는 진실이 있다. 저널리스트라면 전후 맥락을 꿰뚫어 진실을 직시하고 이야기해야 한다.

5. 두 국장 이야기

두 명의 국장 밑에서 일을 배웠다. 두 사람은 성격과 가치관, 지향점, 일하는 습관이 완전히 달랐지만, 각자의 모습대로 훌륭한 가르침을 주었다.

신문사에서 만난 J 국장은 늘 신중하고 조심스러웠다. 한 수 한 수 놓을 때마다 여러 번 생각하고 신중하게 포석을 놓았다. 기사로 인한 파급효과를 몇 단계 앞서서 예상하는 판단력이 뛰어났다.

그는 기자의 중립성에 높은 가치를 매겼는데, 이 기준에 어긋나면 애써 준비한 발제도 휴지통에 들어가기 일쑤였다.

한번은 별정우체국 소속 집배원들이 근로자 지위를 인정해 달라며 국가를 상대로 소송을 낸 적이 있다. 당시 나는 지대가 높은 산 중턱에 살고 있었는데, 집배원들이 땀을 뻘뻘 흘리면서 우편물을 배송하느라 고생하는 모습을 자주 봤다. 그래서인지 다른 때보다 더 열심히 취재했다.

그런데 국장은 나를 불러 "1심 판결이 나오기 전에 일방적으로 기울어진 기사를 쓰면 재판부에 예단을 심어줄 수 있으니 편파적이지 않게 신중하라"고 주문했다.

보통은 기삿거리가 된다고 생각하면 작은 내용도 부풀려 침소봉대(針小棒大)하는 경향이 있다. 하지만 J 국장은 오히려 그런 측면을 경계했다. 기사의 영향력보다 사안이 왜곡돼 공평의 가치가 무너질 것을 염려했다. J 국장의 말과 행동은 내게 깊은 인상을 주었다. 기자의 시선은 객관적이어야 한다. 언론이 균형감각을 잃으면 사회가 혼란에 빠진다. 국민들은 두 패로 나뉘어 서로 다투고, 자신의 입맛에 맞는 기사만 골라서 보게 된다. 결국 사회 공론이 무너지고 살벌한 이전투구와 말빚만 남는다. 지금 우리 사회가 둘로 쪼개진 데에는 갈등을 부추기고 편향적인 기사를 남발하는 언론의 과오가 적지 않다. 기자는 사실에 충성해야 한다. 그러기 위해서는 공정하고 중립적인 시각이 필수다. J 국장은 그러한 가치를 아는 언론인이었다.

기자라면 누구나 특종을 내서 이름을 내고 싶은 욕망이 있다. 이목을 끌기 위해 슬몃슬몃 양념을 치고, 제목과 내용도 자극적으로 바꾼다. 그렇게 역치(閾値)를 높여 가다 보면, 어느새 사실의 울타리를 벗어나게 된다. 해로운 모습이다. J 국장은 문장 한 줄을 데스킹할 때도 여러 번 고심하며 신중을 기울였다. 기사에 쓰인 단어들이 중립성을 잃지 않도록 매듭지어 차곡차곡 문장을 쌓았다.

한번은 어떤 취재원이 J 국장이 과거에 대단한 기사를 쓴 적이 있다며 내게 보여 준 적이 있다. 그가 책상 서랍에서 꺼낸 기사 스크랩은 이미 누렇게 변색되어 한눈에 봐도 오랜 세월이 느껴졌다. 기대를 가지고 읽어 봤는데 의외로 간단하고 단출했다. "이게 왜 특종이지?"라는 생각이 들 정도로 평범했다. 하지만 만나는 취재원들이 모두 입을 모아 그 기사를 칭찬했다. 몇 년이 지고 나서야 행간에 감추어진 내밀한 의미들이 하나씩 보이기 시작했다. 보이는 사람에게는 보이고, 보이지 않는 사람에게는 보이지 않는 그런 기사였다. 진짜 고수라는 생각이 들었다.

Y 국장은 방송국에서 만났다. 한때 민완기자로 이름을 날린 그는 우여곡절 끝에 작은 언론사에 흘러오게 됐다. 뭔가 사연이 있어 보였지만 굳이 묻지 않았다.

Y 국장은 J 국장과 비슷한 연배였지만 정반대의 성향

을 가지고 있었다. 소탈하고 의기가 넘쳤으며, 자유분방
했다. 처음에는 도무지 적응이 되지 않았다. Y 국장은 술
을 좋아했는데, 낮에 취재원과 만나 한잔 걸치면 2~3시
간씩 떠들썩하게 앉아 있곤 했다. 리포트 마감 시간이 다
가올 때마다 초조해지는 건 나였다. 여러 번 눈치를 주며
일어날 시간이 됐다고 알려도 Y 국장은 개의치 않았다.
그는 자신이 다 마셨다고 생각할 때 자리를 떴다. 하지만
아무리 취해도 Y 국장은 마감을 어기거나 펑크를 내지
않았다. 자리에 앉으면 다시 맑은 정신으로 돌아와 리포
트와 출연 원고를 마무리했다.

"취한 것처럼 보이지만 사실 취하지 않은 건가?"

고지식한 나는 처음에는 Y 국장을 이해하지 못했다.
하지만 시간이 흐를수록 그의 진면목을 알게 됐다. Y 국
장은 작은 단서도 놓치지 않는 예리함이 있었다. 조개처
럼 단단한 팩트를 깨고, 쪼개어 그 속에 숨겨진 진의를
발견하는 데 귀재였다.

한번은 외곽 취재원으로부터 한 고위층 인사에 대한
고발 사건 내용을 전해 들은 적이 있었다. 뭔가 새로운

내용이 없을까, 고민하고 있었는데 Y 국장이 대화 워딩을 달라고 했다. 그는 고개를 갸우뚱하면서 살펴보더니 구석에 있는 딱 한 줄을 끄집어내 "이걸 야마로 잡고 써봐"라고 했다. 해당 내용은 눈에 잘 띠지 않을 정도로 사소해 보였는데, 실제로는 엄청난 내용을 함축하고 있었다. 물론 그 기사는 잘 읽혔다.

신중하고 엄격했던 J 국장과 자유분방하고 창의적이었던 Y 국장은 내 기억 속에 훌륭한 선배이자 뛰어난 가르침을 전수한 스승들로 남아 있다. 그들에게 배운 지식으로 밥벌이를 했고, 그들의 어깨를 바라보며 홀로서기를 할 수 있었다. '어쩌다 기자가 된' 내게 언론의 시각을 탑재시켜 준 은인인 셈이다. 이들이 없었다면 나는 진즉에 기자를 그만두었을 것이다. 지금 이렇게 미욱한 문장을 끼적거릴 수 있게 도와준 두 국장께 뒤늦게나마 감사의 뜻을 전한다.

PART 3

기자의 글

1. 하수는 힘을 쓰고 고수는 힘을 뺀다

    성경을 읽다 보면 '간조하다'는 말이 반복적으로 나온다. 사막과 광야를 묘사할 때 주로 사용된다. 뜻을 찾아보니 '건조하다'는 표현의 원말이라고 돼 있다. '습기가 없이 메마르다'는 의미다. 영어로 하면 'dry'쯤 되겠다. 개정이 빠르지 않은 성경 특성상 옛말이 그대로 남아 있어 고어를 찾는 재미가 쏠쏠하다. 비슷한 사례로 '부요하다'라는 말이 있다. 요새는 '부유하다'라는 표현을 쓴다.

쉬운 기사 작성법

'간조하다'는 말은 기사 문장의 속성을 표현할 때 정확하게 들어맞는다. 기사문은 드라이(dry)해야 한다. 군더더기와 감정 개입이 없는 절제된 문장이 기사에 적합하다. 이 지점에서 문학적 글과 큰 차이가 있다. 땅이 습하면 잡초와 풀이 자란다. 문장이 습하면 해석과 주관이 피어난다. 여러 의미로 읽힐 수 있어 사실의 범주에서 벗어날 우려가 있다. 수사법을 사용해 사람들의 감정을 고양하거나, 대중을 계몽하는 것은 기사의 본질이 아니다. 팩트를 정확하게 전달하는 것이 우선돼야 한다. 문장은 건조하고, 단순해야 한다.

스티브 잡스는 버튼 하나로 다양한 기능을 수행할 수 있는 휴대폰을 원했다. 그렇게 탄생한 것이 아이폰이다. 단순성을 향한 잡스의 신념은 흔들림이 없었고, 대성공을 거뒀다. 문장도 아이폰처럼 심플해야 한다. 단문 중심으로 빠른 호흡을 유지하는 것이 좋다. 다소 재미없고 유치해 보일 수 있다. 하지만 정확한 의미를 신속하게 전달하는 데 효과적이다. 기사 문장은 전보의 확장판이다. 메시지 전달을 전신(電信)에 의존했던 20세기 초에는 글자 수에 따라 비용을 지불했다. 따라서 전보문은 최소한의 글자로 의미를 전달해야 했다. 부사와 형용사를 없애고,

쉬운 명사를 중심으로 메시지를 작성했다. 기사 문장도 전보문처럼 단순하고 짧게 써야 한다.

글이 단순하면 문법 오류가 발생할 확률도 낮다. 문장의 기본은 주어와 술어의 일치다. 복문을 쓰면 주술 관계가 확장된다. 이 과정에서 오류가 발생한다. 비문(非文)은 글의 신뢰도에 영향을 미친다. 단순 오타보다 문법 오류가 더 치명적이다. 기사를 퇴고할 때는 반드시 '문장 다이어트'를 해야 한다. 기름 낀 문장은 독자를 혼란스럽게 만든다. 기사는 어휘력을 자랑하는 공간이 아니다. 의미가 전달되면 글자 수는 적을수록 좋다. 기사의 힘은 사실

쉬운 기사 작성법

에서 나온다. 기교는 사족에 불과하다.

진실은 단순하고, 거짓말은 복잡하다. 한번은 취재를 하면서 불법 다단계 세미나에 몰래 참석한 적이 있다. 강사는 복잡한 알고리즘을 그려 놓고 현란한 말솜씨로 사람들을 현혹했다. 강의는 사실과 거짓말이 적당한 비율로 섞여 있었다. 불리한 사실은 감추거나 축소하고, 유리한 사실은 과장했다. 말을 빙빙 돌려 가며 수많은 예화와 입담으로 진실을 감추고자 노력했다. **기술은 이렇게 진실을 감출 때나 쓰는 짓이다.**

불필요한 수사를 덧붙이는 이유는 둘 중 하나다. 사실에 자신이 없거나, 욕심이 많아서다. 거짓말을 하면 혓바닥이 길어진다. 주장이나 의견을 사실처럼 꾸미기 위해 기술이 들어간다. 이런 글은 사회악이다. 속는 사람도 있지만, 양식 있는 독자는 배격한다. 욕심이 과한 경우에도 쓸데없이 힘이 들어간다. 사실은 어떤 이론이나 논증보다 강력한 근거다. 하지만 과시욕 때문에 양념을 친다. 간단하게 상대를 제압할 수 있는데, 일부러 360도 회전 발차기로 멋지게 이기려는 치기 어린 행동이다. 겉멋을 버려야 한다. 단순하게 이기는 게 가장 좋다. 힘이 들어가면 실수하기 쉽다. 공연히 리스크를 키우는 어리석은 행동이다. 기자는 욕심을 버리고 군더더기 없는 깔끔한 필치를 유지해야 한다.

힘을 주는 것보다 힘을 빼는 것이 훨씬 어렵다. **하수는 힘을 쓰고, 중수는 힘을 이용하며, 고수는 힘을 뺀다.** 초보 운전자는 차선을 바꿀 때도 운전대를 꽉 쥐고 돌리며 힘을 쓴다. 운동할 때도 입문생은 과하게 힘을 주다 실패를 거듭한다.

"신 기자, 글에 힘이 너무 들어갔는데?"

공들여 작성한 내 기사를 보고 국장이 건넨 말이다. 다시 살펴보니, 문장 하나하나에 기합이 잔뜩 들어가 있었다. 이를 악물고 썼더니 이런 글이 나왔다. 데스킹된 글을 보니 단순하면서도 부드럽게 바뀌어 있었다. 기자를 위한 글에서 독자를 위한 글로 탈바꿈했다. 그때 '이것이 힘을 빼는 기술이구나'라고 깨달았다.

법조인들의 글을 자주 볼 기회가 있었다. 대부분 힘이 잔뜩 들어가 있어 무겁다. 특히 관념어와 한자가 많은데, 남발하면 글이 무거워 아예 가라앉는다. 공부깨나 했다는 식자층이 저지르기 쉬운 실수다. 폐쇄적 생태계에서 자기들끼리 글을 돌려 보니, 읽는 사람을 고려하지 않는다. 쉬운 말도 어렵게 하는 경향이 있다. 따라서 대중을 위한 글이 잘 나오지 않는다. 반면 신문은 대중 지향적이다. 전문지도 예외는 아니다. 힘을 빼야 한다. 그래야 널리 읽히고 영향력도 높아진다.

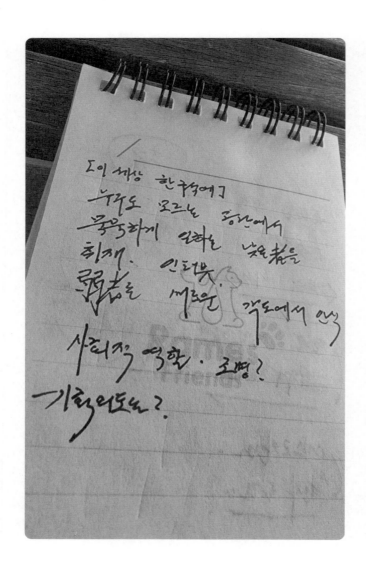

2. 간결한 문장 만들기가 핵심

글은 저자의 직업 특성을 반영한다. 어떤 직종에 몸담고 있는지에 따라 글의 성격이 다르다. 아무리 뛰어난 법조인이라도, 수필이나 기사를 써 오라고 하면 품질이 그리 높지 않다. 반대로 문학인에게 서면을 쓰라고 하면 역시 난감한 표정을 짓는다. 지식은 차치하더라도 논증 방식과 구성, 문체에서 차이가 크기 때문이다. 글의 종류와 문체는 각양각색이다. 글은 작성자의 정신적 지문(指紋)이라 보면 된다.

기사를 잘 쓰기 위해서는 기사문에 적합한 문체를 습득해야 한다. 기사는 단순·명료해야 한다. 사실관계를 정확하고 빠르게 전달하는 것이 요체다. 명문(名文)을 쓰기 위해 고심할 필요는 없다. 기사는 문학이 아니다. 선배 기자들이 후배들에게 가장 많이 하는 말이 "드라이(dry)하게 써라"이다. 감정을 이입하지 말고 간결하고 건조하게 서술하라는 뜻이다. 긴 호흡도 지양한다. 만연체는 금물이다. 문장은 최대한 짧게 쓰고, 퇴고하면서 계속 줄여 나간다.

브래드 피트가 주연을 맡은 영화 〈흐르는 강물처럼〉(1993)에는 인상 깊은 장면이 나온다. 주인공 형제의 아버지인 맥클레인 목사는 아이들을 학교에 보내지 않고 가정에서 가르쳤다. 맥클레인 목사는 자녀들에게 매일 한 가지 주제를 주고 글쓰기를 시킨다. 아이들이 답안지를 작성해 가져오면 다음과 같이 말한다.

"Half as long(절반으로 줄여라)."

아이들은 다시 돌아가서 작성한 글을 절반으로 줄인

다. 줄이고 줄여서 더 이상 손볼 곳이 없어지고 나서야 아버지는 아이들에게 나가서 놀아도 된다고 말한다. 그 제서야 아이들은 산과 들로 뛰어나가 자연을 즐긴다. 영화는 시카고대학 문학 교수였던 노먼 맥클레인[Norman Maclean, 1902~1990]의 자전적 이야기를 바탕으로 제작됐다. 아버지의 글쓰기 훈련도 노먼 교수가 어린 시절 실제로 받은 교육이다.

맥클레인 목사의 교육방식은 기사문 작성에 시사하는 바가 크다. 기사는 간결해야 한다. 초고를 작성한 뒤 줄여 가면서 완성하는 것이 좋다. 군더더기가 없을수록 좋은 기사문으로 평가받는다. 기사의 힘은 팩트에서 나온다. 사족(蛇足)을 붙이는 순간, 칼럼이나 주관적 품평이 된다. 불필요한 내용이 없는지 항시 점검하면서 간결함[simplicity]을 유지할 수 있도록 노력해야 한다.

경찰에서 조사 받던 대학생 '쇼크死'

14일 연행되어 치안본부에서 조사를 받아 오던 공안사건 관련 피의자 박종철 군(21·서울대 언어학과 3년)이 이날 하오 경찰조사를 받던 중 숨졌다. 경찰은 박 군의 사인을 쇼크사라고 검찰에 보고했다.
그러나 검찰은 박 군이 수사기관의 가혹행위로 인해 숨졌을 가능성에

대해 수사 중이다. 학교 측은 박 군이 3~4일 전 학과 연구실에 잠시 들렀다가 나간 후 소식이 끊겼다고 밝혔다.

한편 부산시 청학동 341의 31[19] 박 군 집에는 박 군의 사망 소식을 14일 부산 시경으로부터 통고받은 아버지 박정기 씨(57·청학양수장 고용원) 등 가족들이 모두 상경하고 비어 있었다.

(후략)

– 『중앙일보』 1987.01.15.

이 기사는 1987년 박종철 군 고문치사 사건을 최초 보도한 『중앙일보』 기사다. 전체 글자 수는 474자(字)에 불과하다. 당시 『중앙일보』 7면 사회면 하단에 작게 들어갔다. 전체적으로 건조하다. 서술에 기교가 있거나 비장한 문체를 쓰지도 않았다. 하지만 파급력은 엄청났다. 이 사건을 설명하기 위해 열린 기자회견에서 경찰은 "탁 치니 억 하고 죽었다"는 터무니없는 변명을 늘어놓았고, 이는 5공 붕괴를 견인하는 기폭제가 됐다. 수많은 학자와 정치인들이 군부 통치의 부적절함을 유려한 문장으로 비판했지만, 이 짧은 기사만큼 큰 반향을 이끌어 내지 못했다. 정확한 사실과 타이밍이 맞아떨어질 때 기사의 영향력은 급격히 커진다.

기사 문장의 핵심은 경제성과 객관성이다. 적은 단어로 정확하게 의미를 전달해야 한다. 형용사와 부사 등 수식어 사용도 절제한다. 수식어는 문장 길이를 늘일 뿐 아니라 불필요한 감정 개입을 허용한다. 강조가 필요한 대목이 있다면 인용구의 종결어미(강조했다, 지적했다, 꼬집었다, 비판했다)를 통해 간접적으로 뉘앙스를 전달하는 것이 좋다. 기사는 오피니언(opinion)이 아니다. 주관이 도드라지면 공정성을 의심받는다. 언론은 전달자·감시자이지 판단 주체가 아니다. 현상에 직접 개입하는 것은 자제해야 한다. 판사가 판결문으로 말하듯, 기자는 기사로만 말해야 한다. 기자는 사실을 다루고, 진실을 밝히는 것이 사명이다. 어떤 경우에도 선을 넘으면 안 된다. 기자의 역할은 사회 의제를 공론장에 올려놓는 일이다. 분수를 넘어서면 화를 입게 될 수 있다.

이러한 역할에 걸맞게 문장도 건조함을 유지해야 한다. 넘쳐도 안 되고, 부족해도 안 된다. 수식어 사용을 절제하고, 감정선이 드러나는 단어나 관형어는 삼가야 한다. 기사를 작성하고 퇴고하면서 이러한 용어가 발견되면 중립적 단어로 바꾸는 것이 좋다. 모든 초고는 쓰레기다. 글은 일단 완성한 후에 더하고 덜하면서 완성해 나가게 된다. 언론사는 일선 기자가 작성한 기사를 데스크(팀장, 국장)가 검토하면서 단계적으로 완성도를 높여 간다.

단어는 웅장하지 않고 평이한 것을 써야 한다. 웅장한 단어는 어휘 자체에 감정이 함축돼 있다. 되도록 자제할 필요가 있다. 이런 단어는 성명서를 쓸 때나 어울린다. 또 쉬운 우리말을 쓰는 것이 원칙이지만 잘 쓰이지 않는 순우리말을 찾아서 억지로 사용할 필요는 없다(예시: 언죽번죽, 톰발리, 바랄, 가시버시). 가끔 외래어에 반발심을 가진 열혈 기자들이 순우리말을 골라 쓰기도 하는데, 정도가 지나치면 오히려 가독성을 떨어뜨린다. 이러면 공급자 중심의 기사가 된다. 독자를 배려하는 자세가 아니다. 기자는 자신의 어휘력을 자랑하거나 독자를 가르치는 직업이 아니다. 독자 눈높이에 맞춰야 한다.

글의 경제성을 높이기 위해 토씨(조사) 사용도 자제한다. 문장을 검토할 때 불필요한 조사 '의'를 제거하는 게 가장 효과적이다. '의'를 남용하게 된 배경에는 일제 강점기 시절 일본의 조사 'の'가 광범하게 유입됐기 때문이다.

특히 법률 용어와 판결문에는 일본어 잔재가 많이 남아 있다. '의'뿐만 아니라 ① ~에서의, ② ~에로의, ③ ~에의, ④ ~에 있어서 등 일본식 조사 사용과 문투는 제거

해야 한다. '불리워진다', '보여진다'와 같은 피동형 서술도 피하는 것이 좋다. 능동형으로 바꿔야 한다. 법률용어의 특성상 어쩔 수 없는 경우도 있지만 되도록 사용하지 않는 것이 좋다. '~했었다'와 같은 영어식 과거완료 표현(have p. p)도 '했다'로 통칭하는 것이 바람직하다.

"나는 오타가 하나라도 있으면 그 신문은 안 봐!"

한 원로 학자가 내게 했던 말이다. 처음에는 너무 지나친 게 아닌가 싶었지만, 말인즉슨 바른 말이다. 국어 실력은 기자의 교양을 표상하기도 하지만, 독자에 대한 예의와 기사의 성숙도를 나타내는 지표이기도 하다. 지금은 원고지가 아닌 기사 송고 시스템에 기사를 쓰고, 인터넷 기사가 뉴스 보도의 대부분을 차지한다. 속도를 중시하다 보니 오탈자가 나지 않을 수 없다. 하지만 자기가 쓴 기사를 꼼꼼하게 교열하면서 최대한 줄이는 것이 바람직한 자세다. 글 쓰는 사람이 오타에 뻔뻔해져서는 안 된다.

'명사+조사+동사'로 구성된 어구도 되도록 지양한다. 다만 체언을 강조할 때는 의도적으로 이렇게 쓰기도 한다. 뉘앙스에 맞게 선택하면 된다.

> 결정을 하고 → 결정하고
> 논의를 하고 → 논의하고
> 확인을 하는 → 확인하는

접미사 '-적'의 사용도 자제하는 게 좋다. 하지만 꼭 필요한 경우까지 무리하게 없애서는 안 된다(예시: 합리적 대응). 가장 좋은 방법은 접미사 '-적'이 포함됐을 때 먼저 삭제해 보고, 의미가 깔끔하게 전달되면 없애는 것이다.

> 청년 실업 문제가 **사회적 이슈**로 떠오르고 있다
> → **사회 이슈**
>
> **경제적 여건**이 나날이 악화되고 있다.
> → **경제 여건**
>
> 인공지능에 관한 **규범적 문제**에 **자율적 규제**로 대응하는 것이 바람직하다는 고려도 포함되어 있다.(2021 대한변협 학술대회 자료집)
> → **규범 문제, 자율 규제**

기사문에서는 줄임말을 어간과 연결어미를 붙여 만든

활용형을 널리 사용한다. 짧고 경제적인 문장을 선호하기 때문이다. 논문이나 성명서 등 중후한 글에서는 가벼워 보일 수 있다는 이유로 줄임 문장을 잘 쓰지 않는다. 학자들이나 법조인 중에는 줄임 문장이 격조 없어 보인다는 이유로 꺼리는 사람이 있다. 역시 직업의 특성이 반영된 말이다.

하여야 → 해야
하였다 → 했다
되어 → 돼
되었 → 됐
하였다 → 했다
이다 → 다
보아 → 봐
보았 → 봤

"정부의 관계자들이 모여서 주요 정책들을 논의를 하고, 규범적 문제의 경우에 있어서는 원론적인 대응을 진행하여 줄 것을 강조하였다."

원칙을 적용해 위 문장을 간결하게 윤문하면 이렇게 바꾼다.

"정부 관계자들이 주요 정책을 논의하고 규범 문제
는 원칙대로 대응할 것을 강조했다."

71자(字)였던 문장이 44자(字)로 줄었다. 의미도 훨씬
더 명료해졌다. 자린고비 같아도 글자 수를 아끼는 방식
으로 퇴고하는 게 좋다. 뜻을 해치지 않는 선에서 최대한
간결하게 쓰면, 쉽고 빠르게 메시지를 전달할 수 있다.
바른 문장을 제대로 쓰고 싶다면 이오덕 선생님의『우리
글 바로쓰기』(2009)와 김정선 작가의『내 문장이 그렇게
이상한가요?』(2016)를 읽어 볼 것을 추천한다. 기자라면
꼭 읽어야 할 필독서라고 생각한다.

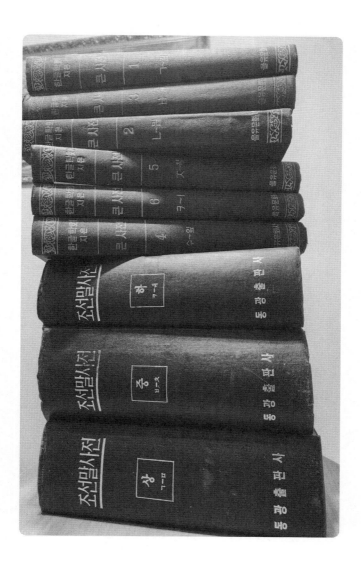

3. '개폼' 잡지 말고 군더더기는 날려라

이연걸이 주연을 맡은 영화 〈의천도룡기〉(1994)는 화려한 액션과 흥미진진한 스토리로 90년대 어린아이들을 무협 세계로 안내한 일등 공신이다. 제작사 사정으로 1편만 완성되고 2편은 나오지 않았다. TV 방영이 끝나면 '2편은 현재 홍콩에서 제작 중입니다'라는 문구가 하단에 조그맣게 나왔던 것으로 기억한다. 아쉬운 마음을 달래며 언제쯤 후속편이 나올지 늘 궁금해했다.

영화 속 무림 고수들은 하늘을 나는 경공술(輕功術)을 쓰며 장풍을 날렸다. 사마귀, 원숭이, 호랑이를 흉내 낸 화려한 동작도 멋스러웠다. 성인이 돼서도 중국 무술에 대한 경외감은 사라지지 않았다. 하지만 2000년대 들어 이종격투기가 보편화되자 환상은 무참히 깨졌다. 중국 무술가들은 프로 파이터와의 대결에서 대부분 박살이 났다. 링 위에서는 경공술도, 구양신공도, 장풍도 없었다. 이들은 아크로바틱한 자세를 몇 번 취하다, 격투가의 주먹에 나가떨어지기 일쑤였다. 가끔 "진짜가 나타났다"며 호들갑을 떨 때마다 "이번에는 혹시?"라는 마음을 품어 봤지만 결과는 매한가지였다.

마음속 추억 한 장이 뜯겨 나간 고통은 차치하고, 중국 무술이 왜 이렇게 허약한지 고민한 적이 있다. 나름대로 '실전과 동떨어진 비실용적 자세가 너무 많다'는 결론을 냈다. 실전에서는 빠르고 효율적인 동작이 최선이다. 그런데 '빠르고 효율적인 동작'은 멋이 없다. 화려하지도 않다. 사마귀 자세와 호랑이 앞발을 본뜬 멋들어진 기술도 없다. 하지만 실용적이고 강하다. 상대의 빈틈을 노려 정확하게 타격하는 데 최적화되어 있다. 맹수의 동작을 흉내 낸다고 맹수 같은 힘을 얻진 않는다. 그런 상상은 조악한 샤머니즘·토테미즘에 불과하다. 괴상한 동작으로 한껏 치장한 중국 무술은, 단순하고 효율적인 서양의 격투기를 넘어서기 어렵다.

기사도 마찬가지다. 문장은 단순해야 한다. 쓸데없는 기교와 지적 허세는 금물이다. 기사는 논문이 아니다. 쉬운 글을 지향한다. 누구나 해득할 수 있어야 한다. 주어와 술어가 일치하고, 평이한 단어를 써야 한다. 사실의 진술이라는 목적에 충실해야 한다. 어쭙잖은 수사는 중국 무술의 번잡한 자세처럼 불요불급하다. 전문 용어와 한자어 사용도 지양한다. 기사는 보편성이 있어야 한다. 10대 청소년부터 80대 어르신까지 모두가 알 만한 단어를 써야 한다. 잘난 척과 게으름을 버리고, 독자 눈높이에 맞춰야 한다.

① 학술세미나를 **개최했다**
→ 학술세미나를 **열었다**
② 서초동에 **소재한** 변호사회관에서
→ 서초동에 **있는** 변호사회관에서
③ 사령관이 **착임** 연설을 했다
→ 사령관이 **취임** 연설을 했다
④ 여러 학문을 두루 **수학하고**
→ 여러 학문을 두루 **배우고**
⑤ 의견을 **개진했다**
→ 의견을 **냈다**
⑥ 노력을 **경주했다**
→ 노력을 **했다**
⑦ 소송을 **제기했다**
→ 소송을 **냈다**
⑧ 원심을 **파기환송했다**
→ 원심을 **깨고 사건을 돌려보냈다**
⑨ 원심이 **타당하다**고 판단했다
→ 원심이 **맞다**고 봤다

쉬운 기사 작성법

'개최했다'는 한자어다. '열었다'는 우리말이 있으므로 군이 쓸 필요가 없다. '소재하다', '위치하다'는 말도 '있다'는 표현으로 대체할 수 있다. '착임(着任)'은 임무에 착수했다는 표현인데, 군대가 아니면 잘 쓰지 않는다. 사람들이 널리 알고 있는 '취임'으로 바꾸는 게 좋다. 같은 맥락에서 '수학하다'는 '배우다'로, '개진하다'는 '내다'로 수정하면 된다. '경주했다'도 어색하다. 그냥 '노력을 했다'라고 쓰면 된다.

소송과 재판 용어도 기사의 단골 메뉴다. 빠지지 않고 나온다. '소송을 제기했다'는 말을 자주 쓰는데 되도록 '소송을 냈다'로 쓰는 게 좋다. '파기환송'은 법률용어다. 대법원이 원심 판단이 잘못됐다며, 다시 판결하라고 원심 법원에 돌려보냈다는 뜻이다. '원심을 깨고 사건을 돌려보냈다'는 말을 그대로 풀어쓰는 게 훨씬 읽기 편하다.

내가 아는 용어를 다른 사람도 당연히 알 것이라 생각하면 안 된다. 혹시 모를 수 있는 사람을 기준으로 최대한 순화해야 한다. 기자는 쉽게 표현할 수 있는 말이 있는지 항상 고민해야 한다. 다만 동일한 문단에 같은 단어가 계속 등장한다면 부득이 예외가 허용된다. 동어 반복을 피하기 위해서다.

위원회는 K위원장 취임식을 **열고**, 같은 날 오후 소위원회를 **열었다.**
→ 위원회는 K위원장 취임식을 **개최하고**, 같은 날 오후 소위원회를 **열었다.**

　문장을 쪼개고 군더더기를 삭제하면 글이 쉬워진다. 두 문장이 이어질 때 ① ~이며, ② ~이고, ③ ~했으며, ④ ~했고 등 연결어미를 종결어미로 바꿔 모두 단문으로 나눠 본다. 만일 어색하면 중간에 접속사를 넣어 준다. 그러면 간결하고 맵시 있게 바뀐다.

K씨가 스위스 본사에 문의하자 "문자판을 가품이라고 판단할 근거가 없다"는 회신이 왔고, 이에 국내 서비스센터에 항의하자 "제품은 진품이며 원래대로 수리를 진행하겠다"고 답변했다.
→ K씨가 스위스 본사에 문의하자 "문자판을 가품이라고 판단할 근거가 없다"는 회신이 왔다. K씨가 국내 서비스센터에 항의하자, "제품은 진품이며 원래대로 수리를 진행하겠다"고 답변했다.

　'왔고~'라는 연결어미를 '왔다'라는 종결어미로 바꿔 문장을 나눴다. 긴 문장이 짧은 문장으로 변했다. 복문과 겹문장을 해체해 짧게 나눠 주면, 의미가 더 명확해진다. 문법 오류도 덩달아 줄어든다. 대부분의 비문은 만연체에서 나온다.

① ~관해, ② ~대해, ③ ~의해, ④ ~위해, ⑤ ~통해 ⑥ ~인해 등 쓸데없이 문장을 늘어뜨리는 한정 관형어나 부사어도 자제한다.

① 수많은 의견에 **관해** 답변을 거부했다
→ 수많은 의견에도 답변을 거부했다
② 대통령실의 결정에 **대해** 반발했다
→ 대통령실 결정에 반발했다
③ 대법원 판결에 **의해** 결론이 났다
→ 대법원 판결로 결론이 났다.
④ 현실을 개선하기 **위해** 나섰다
→ 현실을 개선하고자 나섰다
⑤ 이 같은 결정을 **통해** 개선이 이뤄졌다
→ 이 같은 결정으로 개선됐다
⑥ 많은 시위들로 **인해** 불편을 겪었다
→ 많은 시위로 불편을 겪었다

칼잡이가 돼야 한다. 간결한 글을 만드는 데 집중해야 한다. 군더더기가 붙어 있으면 가차 없이 잘라낸다. 괜찮은 단어와 문구가 떠올라도 사족이라 생각하면 사용하지 않는다. 아까워도 버린다. 중국 무술을 기억하라. '개폼'은 실전에 도움이 되지 않는다. 거추장스럽기만 하다.

피동형 문장도 각별히 주의해야 한다. 되도록 능동형
으로 써야 한다. '~되어진다', '~지다', '~된' 같은 피동형은
어법에 어긋날 뿐 아니라, 발화 주체를 감춰 사실의 진술
이라는 기사문의 목적에 부합하지도 않는다. '~불리워진'
과 같은 이중피동도 마찬가지다.

> 지난 7월 **도입된** 7개 간편인증 서비스에 더해 5개 서비스를 추가했다.
> → **법무부는** 지난 7월 **도입한** 7개 간편인증 서비스에 더해 5개 서비스
> 를 추가했다.

주어를 명확하게 드러내고 '도입된'이라는 피동형 서술
을 '도입한'으로 바꾸었다. 문장의 뜻이 명징해졌다.

> ① 학계의 의견이 **모아지고** 있다
> → 학계 의견이 **모였다**
> ② 순직한 지 두 달이 **되어 간다**
> → 순직한 지 두 달 가까이 **지났다**
> ③ **소위** 전세왕이라 **불리워진** 사람이다
> → **이른바** 전세왕으로 **불린** 사람이다
> ④ **관련된** 사건에 집중됐다
> → **관련한** 사건에 집중했다
> ⑤ 회장 선거에 **당선됐다**
> → 회장 선거에 **당선했다**

쉬운 기사 작성법

당선(當選)에는 이미 선거에 뽑혔다는 의미가 들어가 포함돼 있다. 따라서 '당선됐다'는 이중피동이 된다. '당선했다', '당선하다'로 쓰는 것이 맞다. 하지만 영어의 'be elected'를 직역하며 '당선됐다', '당선된' 표현이 입말로 굳어졌다. 고쳐 쓰는 게 어색할 정도다. 작은 악덕이라도 한번 스며들면 이처럼 바로잡기 힘들다.

① ~에 따르면, ② ~에 의하면도 사용을 자제하는 게 좋다. 최근에는 취재원을 가리려는 목적으로 출처 범위를 최대한 넓혀 진술할 때 이러한 표현을 쓴다. 인사나 정책 시행을 앞두고 단독보도를 할 때 사용하는 편이다. 이럴 때는 차라리 '본지 취재를 종합하면'이라고 표현하는 게 낫다.

19일 법조계에 따르면 법무부는 이달 말 고위 검사장급 인사를 단행하기로 했다.
→ 19일 본지 취재를 종합하면 법무부는 이달 말 고위 검사장급 인사를 단행하기로 했다.

그 밖에는 체언에 토씨를 붙여 명확하게 서술하면 된다.

① 검찰에 따르면 이번 보이스피싱 범죄는
→ **검찰은** 이번 보이스피싱 범죄가
② 공정위의 결정에 의하면 이번 사건은
→ **공정위는** 이번 사건을

문장이 간결해졌을 뿐 아니라 의미도 한층 뚜렷해졌다. 습관적으로 사용하는 군더더기를 잡초 뽑듯 솎아 내야 한다.

① ~의 경우, ② ~관련해 표현도 주의해서 써야 한다. 일부 기자들은 '~경우'를 남용한다. 한 문단에 '~경우'가 세 번이나 들어간 기사도 봤다. 단순하게 '~은', '~는'을 사용하면 문장이 훨씬 깔끔해진다.

이태원 핼러윈 파티의 경우 행사 주체가 뚜렷하지 않다
→ 이태원 핼러윈 파티는 행사 주체가 뚜렷하지 않다

'관련하다'는 둘 이상의 사물과 현상, 사람 따위가 서로 관계를 맺고 있는 상황을 가리킨다. 여기저기 쉽게 갖다 붙일 수 있어 의미를 확장하거나, 더 많은 사례가 존재한다는 점을 나타낼 때 주로 쓴다. 일종의 '~등'과 같은 역

할이다. 하지만 과도하게 사용하면 문장이 불친절하고
게을러진다.

[원문]
정부가 1일 미국계 사모펀드 론스타의 외환은행 매각과 **관련해** 한국
정부를 상대로 제기한 국제투자분쟁(ISDS) 사건과 **관련해** 한국 정부
에 2,890억 원을 배상하라고 한 국제투자분쟁해결센터(ICSID) 판정에
불복하는 취소 소송을 제기했다.

[수정]
법무부는 1일 미국계 사모펀드 론스타(lone star)의 외환은행 매각 사
건에서 한국 정부에 2,890억 원을 배상하라고 결정한 국제투자분쟁
해결센터(ICSID) 판정에 불복해 취소 신청을 했다고 밝혔다.

기자가 된 후에는 올바른 우리말을 써야겠다고 굳게
결심했다. 그래서 이오덕 선생님의『우리글 바로쓰기』
(한길사) 전집을 구해 틈틈이 읽어 여러 번 완독했다. 모
든 내용을 그대로 적용할 순 없지만, 습관적으로 쓰던 비
문과 엉터리 외래어 사용이 크게 줄었다. 이 밖에도 김철
호 선생님의『국어실력이 밥 먹여준다』(유토피아) 낱말
편과 문장편, LG상남문고에서 나온『신문 글 바루기』(LG
상남언론재단) 책의 도움을 크게 받았다. 바른 우리말을

사용한다는 사명감을 갖고 꾸준히 공부하면서 실용적인 문장력을 키워야 한다.

4. 혁명이냐, 반역이냐

"저는 그동안 극우성향 단체 사람들에 대해서 우리
대한민국의 보수를 참칭하는 사람들은 보수가 아
니다, 그것은 수구고, 그 사람들은 한국 사회에서
사라져야 될 사람들이다, 라고 주장해 왔습니다.
왜? 국가의 건강성을 위해서."

한 기자회견에서 나온 A씨의 말이다. A씨는 식사 자리
에 동석한 여성을 성추행한 혐의로 고소를 당했다. 기자
회견은 "억울하다"고 밝힌 A씨가 직접 해명하기 위해 자
처했다. 사실관계가 확정되지 않은 단계에서는 양측 의
견을 잘 들어야 한다. 형사사건은 곧바로 기사를 쓰기에
조심스러운 측면이 있다. 하지만 정작 해명보다는 A씨의
용어 사용과 화법이 마음에 걸렸다.

A씨의 말은 불명확성에 불명확성을 더했다. 무엇보
다 용어의 개념이 상당히 자의적이었다. 일단 그가 언급

한 '극우 성향'의 정의가 혼란스러웠다. A씨는 그동안 자신의 SNS 계정을 통해 좌우를 가리지 않고 정치권을 비판해 왔다. 특히 윤석열 대통령을 겨냥해 여러 차례 '극우', '매국노'라고 표현했는데, A씨는 현재 보수로 분류되는 정권과 지지층을 극우라고 판단하고 있는 듯했다. 이들의 정치 성향을 극우로 정의하는 것은 A씨의 자유다. 애초에 이러한 불명료한 개념에 대해서는 완전한 사회적 합의가 존재하기 어렵다. 하지만 자의적 개념을 주장의 전제로 삼으면 설득력이 떨어진다. 적어도 대중 앞에서 의견을 제시하려면 먼저 보편성을 확보해야 한다.

극우에 대한 정의보다 "극우성향 단체 사람들은 대한민국에서 사라져야 한다"는 말이 더 문제다. 사라진다는 개념에는 사멸(死滅)의 뜻이 내포돼 있다. 죽이거나, 추방하거나, 격리하거나, 사고방식을 뜯어고쳐 전향시킨다는 의미다.

자신이 정의한 극우에 해당한다면 이렇게 만들어야 한다는 의미가 담겨 있다. 파시즘적 발상이 엿보인다. 극우에 대한 정의도 동의하기 어렵지만, 자신의 정치 성향과 생각이 다르다고 대한민국에서 사라져야 한다고 발언하는 건 신중하지 못한 행동이다. 기자들 앞에서 하는 말은

쉬운 기사 작성법

국민을 향해 말하는 것과 같다. 깊이 생각한 뒤 입을 열어야 한다.

A씨의 전체주의 사고는 "국가의 건강성을 위해서"라는 부연 문장을 통해 강화된다. A씨는 극우성향 사람들이 이 땅에서 사라져야 한다고 주장하는 이유로 "국가의 건강성을 위해서"라는 근거를 댔다.

형식적으로는 근거를 제시하는 형태를 띠고 있지만, 실질적으로는 주장을 단순 반복하는 데 그친다. 이른바 사이비 근거 문장이다. 국가의 건강성이라는 것이 대체 무엇인가. 도대체 누가 그것을 규정하고 판단하는가.

나치는 유대인과 집시, 장애인을 '독일의 건전성을 해치는 세력'으로 규정하고, 이들을 가스실에 넣어 끔찍하게 참살했다. 전체주의자들은 이처럼 불명확 개념을 자주 사용한다. 개념과 정의를 마음대로 주무르면서 반대파와 정적을 숙청하는 데 이용하기 위해서다. 누구도 자신이 '국가의 건강성' 범주에 포함되는지 자신할 수 없다. 발화자의 내면에서만 작동하는 주관적 개념이기 때문이다.

이처럼 사람의 말은 대체로 기울어져 있다. 말은 감정과 생각을 담는 그릇이기 때문이다. 주관성을 피하기 어렵다. 하지만 기자의 언어는 최대한 중립적이고 냉정해야 한다. 사실에 입각한 진술을 통해 독자들이 스스로 판단할 수 있도록 돕는 게 바람직하다. 이것이 기자의 역할이다. 일정 부분 가치를 담더라도 뉘앙스를 조절해 합리적 톤을 유지해야 한다. 언설이 강하면 설득력이 되레 약화한다.

사람들은 각기 다른 가치관과 세계관을 가지고 있다. 내면에 구축된 고유 세계관을 통해 세상을 바라보고 현상을 인식한다. 어느 정도 머리가 굵어지면 여간해서는 틀을 깨기 힘들다. 감성의 영역은 더 그렇다. 공감의 토대가 부족한 상태에서 독자들에게 사사로운 감정을 강요하면 역효과가 난다. 편향된 기사를 쓰면 팬덤을 얻을 수는 있지만, 정론(正論)은 불가능하다. 일부 강성 지지층만 바라보며 그들 입맛에 맞는 기사만 내는 곡필(曲筆) 기자가 된다.

기사문의 매력은 절제된 형식미와 건조한 필치에서 나온다. 감정이 섞이지 않은 문장은 내용이 사실에 기반한다는 점을 간접적으로 시사한다. 따라서 단어는 되도록 중립적인 어휘를 선택하는 것이 좋다. 비록 특정 성향을 가졌다고 할지라도 개인과 기자로서의 정체성은 분리할 줄 알아야 한다. 그래야 프로의 반열에 오른다. 공과 사를 구분하지 못하고 문장에 감정이 뒤섞이면 기사 품질이 떨어진다.

'5.16 군사정변'이라는 표현을 보자. 정변의 사전적 정의는 "혁명이나 쿠데타 따위의 비합법적인 수단으로 생긴 정치상의 큰 변동"이다. 단어의 무게중심은 비합법성에 초점이 맞춰져 있다. '비법(非法)'이라고 해서 무조건 나쁜 것은 아니다. 혁명도 합법은 아니다. 하지만 긍정적인 정서를 환기한다. 반면 쿠데타는 부정적인 인상을 준다. 따라서 박정희 정권을 바라보는 시각에 따라 매체마다 5.16 군사정변을 표현하는 말이 다르다. 비판적 시각을 가지고 있으면 '5.16 쿠데타' 혹은 '반란'이라는 말을 쓴다. 긍정적 시각을 가진 매체는 '5.16 혁명'이라고 부른다. '5.16 군사정변'은 이 두 단어가 표상하는 뉘앙스의 중간쯤에 위치한다.

사용하는 용어에 따라 독자들의 호불호(好不好)가 나뉠 수 있다. 성향이 드러나는 단어를 쓰면 독자들은 기사를 읽어 보지도 않고 덮어 버리거나, 혹은 과잉 몰입할 수 있다. 둘 다 긍정적인 현상이 아니다.

일정한 표상이 함축된 단어는 독특한 뉘앙스를 자아

낸다. 따라서 관련 용어를 사용하는 것만으로도 사상적 지향이 자연스레 묻어나온다. 과거에는 동학농민혁명을 '동학란(亂)'이라고 불렀다. 봉건사회에 대한 저항을 반란으로 규정하는 비하 의도가 다분하다. 몇 세대 지나 명칭은 동학농민운동으로 바뀌었다. 이번에는 반란이 아닌 민중 운동으로 바라보는 정서가 투영됐다. 최근에는 동학농민혁명으로 부른다. '운동'에 비해 전위적인 시각이 강하다. 동학란과 동학농민운동, 동학농민혁명은 동일한 사건을 다루지만 부르는 용어에 따라 전달되는 어감과 뉘앙스가 확연히 다르다. 기자는 이러한 기의(signifié)를 염두에 두고 가급적 중립적이거나 사회적 합의가 끝난 단어를 사용해야 한다.

5. 부분과 전체

'악마의 편집'이라는 말이 있다. 사진이나 영상에서 일부분만 발췌해 메시지를 왜곡하는 행동을 뜻한다. 반대로 일부 내용을 슬며시 가려 입맛에 맞게 편집하는 행동도 여기 포함된다. 주로 방송에서 나타나지만 글도 예외는 아니다.

몇 해 전 겪은 일이다. 한 일간지에서 법무부에 구금을 당하게 된 한 미등록 청소년의 이야기를 대서특필했다. 해외 불법체류자 가족이 국내에서 아이를 낳게 되면 미등록 청소년으로 분류돼 교육과 복지에 사각지대가 생긴다. B군도 여기에 해당했다. 안타까운 사연이었고, 깊이 공감해 기사를 쓰기로 마음먹었다. 우선 B군의 아버지가 어떻게 불법체류자가 되어 추방당했는지 사실 확인부터 했다.

일간지 기사에는 B군 아버지가 여러 차례 법무부에 귀화를 신청했지만 계속 거부당했고, 끝내 한국 땅을 떠나

게 됐다고만 기술돼 있었다. 이렇게만 보면 법무부가 냉혹하게 처신한 것처럼 읽혔다. 그런데 취재를 하던 중 B군 아버지가 다른 사람에게 폭력을 휘둘러 실형을 선고받은 뒤 추방당했다는 사실을 입수했다. 법원 공람을 통해 판결문을 확인해 보니 사실이었다. 그래서 B군에 대한 처우 개선이 필요하다고 기사를 작성하면서도, B군 부친이 한국을 떠나게 된 원인에 대해서는 판결문 내용을 토대로 정확하게 썼다. 그런데 기사가 나간 날 저녁에 편집국으로 한 통의 전화가 왔다. B군이었다.

"거기가 ○○신문인가요? 혹시 신성민 기자 있나요?"
"제가 신성민입니다. 누구시죠?"
"저 B인데요, 저에 대해 쓴 기사 내려 주세요."
"무슨 일 때문에 그러시죠?"
"안 좋은 내용이 있어서 그래요. 내려 주세요."
"어떤 내용인가요?"
"아실 렌데요."

당시 여론은 B군에 대한 우호 분위기로 넘쳤다. 해당

기사를 쓴 기자는 영웅이 됐고 온갖 보도상을 휩쓸며 인터뷰까지 했다. 그런데 아버지가 폭력 범죄를 저질렀다는 이야기가 나오면 찬물을 확 끼얹는 꼴이 된다. 인종차별주의자들이 "그러면 그렇지"라며 득달같이 덤벼들 우려도 있었다.

진실은 원래 불편하다. 분명 좋은 취재였고 공감할 만한 소재였다. 하지만 미담 속에 슬며시 자리한 거짓말이 계속 눈에 밟혔다. 영화 〈매트릭스〉에 등장하는 '빨간 약'을 먹은 느낌이다. 미려한 문장으로 뒤덮인 기사를 다시 보니 이제는 소설로 보였다. 데스크와 상의한 끝에 결국 기사를 내렸다. 하지만 마음 한켠에 개운치 않은 씁쓸함이 남았다.

우리나라 사람들은 영웅을 좋아한다. 자신이 좋아하는 인물은 흠결이 없는 신선 같은 존재라고 굳게 믿는다. '약자는 선하고 강자는 악하다'는 스테레오 타입도 강하다. 현실은 다르다. 선과 악이 늘 혼재되어 있다. 선한 사람도 악한 행동을 하고, 악인도 선행을 베풀 때가 있다. 결과적 선이 절차적 과오를 덮지 못하며, 최선을 다했지만 열매가 없는 경우도 부지기수다. 세상이 이러한 건 인간이 원래 그러하기 때문이다. 생각 없이 세상을 바라보면 평생 흑백논리에 얽매인 외눈박이로 살 수밖에 없다.

기사는 사실관계를 어떻게 구성하고 배치하느냐에 따라 전혀 다르게 읽힐 수 있다. 기자가 악한 마음을 먹고 여론을 호도할 때 자주 쓰는 방법이 '일부만 보여 주기'다. 의도에 맞춰 편집된 사실 일부만 노출하면 실제로는 거짓말과 다름없는 효과를 낸다. 거짓말이 아니면서도 거짓말과 같은 효과를 내는 수법이다. 치명적이다.

사실관계	
A	민석이는 차상위계층 홀어머니 밑에서 자랐다.
B	민석이는 학창 시절에 복싱을 배웠다.
C	민석이는 다른 사람의 지갑을 훔쳐 감옥에 갔다.
D	민석이는 어린 딸이 있다.

표에 나온 사실관계를 놓고 팩트를 편집해 다시 배열해 보자.

B와 C만 기술하면 민석이는 '복싱을 배운 위험천만한 절도범'이 된다. 사람들은 학창 시절 일진이 도둑이 되었다며 혀를 찰 것이다. "바늘 도둑이 소도둑 된다"고 말할지 모르겠다.

쉬운 기사 작성법

그런데 A와 C와 D를 조합하면 '현대판 장발장'으로 읽힌다. 동정 여론이 생겨 민석이를 가엽게 생각할 수 있다. 양념이 조금 더 들어가면 "법이 약자에게 너무 가혹한 것 아니냐"는 비판 여론까지 나올 수 있다.

이처럼 사실관계를 어떻게 조합하느냐에 따라 기사의 톤이 확연히 달라진다. 어차피 기자도 일부밖에 모르는 경우가 많다. 많은 내용을 알아도 전부 담을 수 없다. 취사선택을 해야 한다. 이 과정에서 '프레임'이 형성된다. 그리고 이렇게 만들어진 프레임은 민심에 영향을 미친다.

숨은 의도를 가지고 사실관계를 편집하는 것은 바람직하지 않다. 조각조각 흩어진 팩트라도 사실관계의 전체적인 모습이 왜곡되지 않도록 주의해야 한다. 여론을 한쪽으로 몰아가기 위해 팩트를 더하고 덜어내는 건 바람직하지 않다. 결과의 정당성이 수단을 합리화하지 않는다.

"좋은 의도에서 쓰는 것이니까, 이 정도는 뭐…."

안 된다. 이런 생각을 하는 순간 선동꾼이 된다. B군 사례도 마찬가지다. 처음 B군의 연락을 받았을 때 아버지 이야기만 빼고 기사를 그냥 둘까, 하는 마음도 잠깐 들었다. 하지만 사실관계를 몰랐으면 모를까, 진실을 알면서도 고의로 삭제하는 일은 거짓말이나 다름없다. 그러느니 차라리 기사를 내리는 편이 낫다고 생각했다.

"지옥으로 가는 길은 선의로 포장돼 있다."

좋은 의도에서 출발했지만, 과정과 절차에서 무리수를 두면 추후 부메랑이 되어 돌아온다. 잘못하면 전체를 그르칠 수 있다. 사소한 흠결로 실체적 진실이 흔들릴 수 있다는 취지다. 심증은 가지만 확실한 증거가 없는 경우, 빈 공간을 메우기 위해 상상력을 더하거나 일부 사실을 가감해 논리를 짜 맞추려 해서는 안 된다. 그러면 사고가 난다. 아쉽지만 이런 경우에는 기사를 쓰지 않는 것이 최선이다.

느릿느릿 걸어도 황소걸음이다. 진실을 확인하는 여정은 가시밭투성이다. 불편함을 감수해야 한다. 조급증은 버리는 것이 좋다. 꼼꼼하게 사실관계를 확인하며 기사의 완성도를 높이는 의젓하고 담담한 태도가 필수다.

쉬운 기사 작성법

6. 낮은 곳에 임하소서

대형마트에서 바이어로 근무하던 시절 이야기다. 의류 부서에는 깐깐하기로 소문난 K상무가 있었다. 그는 항상 소재에 집중하라고 가르쳤다. 소재 품질이 떨어지면 불호령이 나왔다. 의복의 경쟁력은 소재에서 나온다고도 했다. 의류 시장은 경쟁이 치열하다. 이미 브랜딩에 성공한 고가 의류와 달리 중저가 SPA 브랜드는 '가성비'를 추구한다. SPA 브랜드가 소비자 마음을 확실하게 사로잡는 방법은 소재의 품질을 높이는 것이다. 원가를 낮추기 위해 품질을 낮추면 영영 소비자의 마음을 얻을 수 없다. 한번 저품질이라는 인식이 각인되면 평판을 회복하기 어렵다.

기사도 마찬가지다. 기사의 소재는 글감이다. 글감이 참신하면 문장이 서툴러도 이목을 끈다. 기자들의 취재 경쟁이란 소재 찾기나 다름없다. 새로운 내용을 찾아낸 기자가 특종을 한다. 따라서 기자는 화제가 될 만한 기삿거리를 찾는 데 힘을 쏟아야 한다. 기자는 능력의 8할을 소재 찾는 데 쓴다. 글감을 잘 찾아올수록 "취재력이 좋다"는 평가를 받는다. 구태의연한 소재를 기가 막힌 문장으로 쓴 기사와, 신선한 소재를 평이하게 쓴 기사 중 어떤 게 더 나을까?

단언컨대 후자다. 뉴스(NEWS)는 새로운 소식이다. 한 번 들었던 소식은 신문이 아닌 구문(舊聞)이 된다. 뉴스의 가치는 소재의 신선함에 있으며, 언론사는 매일같이 새로운 내용으로 지면을 채워야 한다. 따라서 취재를 게을리하는 기자는 성공할 수 없다.

글감의 원천은 취재원이다. 취재원은 많으면 많을수록 좋다. 기자는 지위고하를 막론하고 취재원을 두루 확보해야 한다. 곳곳에 취재원들이 있으면 새로운 글감을 찾는 데 유리하다. 뿐만 아니라 사안을 입체적으로 조망할 수 있다. 취재원이 한곳에 치우쳐 있으면 기울어진 기사가 나온다. 출입처와 밀접한 관계를 유지하는 것은 양날의 검이다. 잘못하면 종속될 수 있다. 적절하게 거리를 두는 것이 좋다. 기자는 출입처의 민원처리반이 아니다. 목소리를 내야 할 때는 강하게 비판할 수 있어야 한다.

양질의 취재원을 확보하기 위해서는 열심히 발로 뛰어

야 한다. 세상에 거저 얻어지는 것은 없다. 끊임없이 현장을 찾아다니며 명함을 돌리고, 기삿거리를 수집해야 한다.

취재를 다닐 무렵 나는 청각장애인들이 직접 만든 아지오(AGIO) 구두를 한 켤레 사서 신었다. 어찌나 많이 걸어 다녔던지 밑창에 구멍이 나고 말았다. 크게 불편하지 않아 그냥 신고 다녔는데, 장마가 오자 빗물이 신발에 자꾸 스며들었다. 어쩔 수 없이 아지오 본사에 전화를 걸어 수선을 부탁했다. 3만 원을 내고 밑창을 교환했는데, 마치 새 구두처럼 깨끗하게 수선해 보내 주었다. 몇 개월이 지나자 이번에는 가죽 윗부분이 찢어졌다. 앉아 있을 때 구두를 꺾어 신는 나쁜 습관 때문이었다. 가죽은 수선이 어렵다. 전체를 교환해야 한다. 아쉽지만 구두를 포기했다. 그다음에는 튼튼하기로 소문난 듀퐁(Dupont)의 제품을 구매했다. 할인 기간에 구매하니 가격도 합리적이었다.

듀퐁 구두의 내구성은 대단했다. 군화가 따로 없었다. 아무리 막 신어도 구멍 나거나 해지지 않았다. 내구도에 감탄했지만, 단점이 있었다. 바로 무게였다. 무거운 구두는 안정감이 높지만 장시간 돌아다닐 때는 불편하다. 뒤

축과 밑창이 어찌나 무겁고 단단하던지 급할 때 호신용으로 써도 되겠다는 생각이 들 정도였다. 결국 고민 끝에 다시 구두를 바꿨다.

이번에는 용문동 시장에 있는 작은 구둣가게를 가서 13만 원을 주고 수제화를 맞췄다. 팔순이 훌쩍 넘은 구두공은 내 발을 체적한 다음, 일주일에 걸쳐 구두를 만들어 주었다. 처음에는 불친절해 마음에 들지 않았다. 하지만 막상 신어 보니 가벼우면서도 튼튼한 게 여간 훌륭한 것이 아닌가. 허름한 공간이었지만 '방망이 깎는 노인'처럼 제대로 된 명품을 만들어 내는 곳이었다. 구두공은 왕년에 유명 백화점에도 구두를 납품했던 적이 있다며, 점차 사라져 가는 수제화 시장을 아쉬워했다. 나는 이 구두가 마음에 들어 몇 켤레 주문해 지인들에게 나눠 줬다.

구두 이야기를 꺼낸 이유가 있다. 발품 파는 일을 강조하기 위해서다. 수사(修辭)에 머물러서는 안 된다. 문자 그대로 많이 걷고, 많이 만나야 한다. 그래서일까. '구멍 난 아지오 구두'와 '용문동 시장 수제 구두'는 아직도 내 마음속 훈장처럼 남아 있다.

취재를 어설프게 배우면 자꾸 고관대작이나 권세 있는 사람만 상대하려고 한다. 이른바 '고공취재'를 통해 기삿

용문동 구두 장인이 수제화 만드는 과정을 저자에게 자세히 설명하고 있다

거리를 찾으려는 것이다. 잘못된 습관이다. 세상을 제대로 읽으려면 바닥 민심을 정확히 봐야 한다. 구둣방 사장님, 운전기사, 청소부, 비서, 말단 직원이야말로 세상에서 가장 훌륭한 취재원이다. 높은 사람만 만나면 이런 곳이 보이지 않는다. 세상을 가장 정확하게 볼 수 있는 공간은 가장 높은 곳과, 가장 낮은 곳이다. 억강부약의 원칙을 실천하기 위해서라도 기자는 낮은 곳에 임해야 한다.

로펌을 취재하던 당시의 이야기다. 비슷한 규모의 대형 로펌이었는데, 한 곳에 가면 응대하는 직원들이 늘 상냥하고 표정이 밝았다. 반면 다른 곳은 항상 어둡고 불친절했다. 직원들의 얼굴에서 회사 분위기와 전체적인 정서가 느껴졌다. 그래서 사무직원들을 취재하니, 해당 로펌의 적나라한 운영 실태를 면밀하게 알 수 있었다. 물론 공보 담당자나 경영진은 절대 하지 않는 이야기였다. 예상대로 얼마 지나지 않아 두 로펌의 매출 간극은 크게 벌어졌다. 스태프들이 유능하고 행복해야 조직이 발전한다.

기자는 스파이와 작가의 중간 즈음에 위치한다. 스파이처럼 정보를 수집하고 작가처럼 글을 쓴다. 취재는 정보수집이고, 기사 작성이 작문이다. 때로는 취재력 좋은 기자가 정보요원보다 나을 때가 있다. 실제로 많은 첩보원들이 기자 신분으로 위장해 암약하기도 한다. 언론인은 주요 인사에 대한 공식적인 접근이 가능하기 때문이다.

리하르트 조르게^Richard Sorge, 1895~1944는 아제르바이잔에서 태어난 독일계 러시아인이다. 그는 1차대전에 독일군으로 참전했지만 이후 마르크스 서적을 읽고 공산주의자로 전향했다. 조르게는 독일 『농민신문』에 해당하는 『도이체 게트라이데자이퉁(Deutsche Getreide-Zeitung)』 기자가 되어 동맹국 일본에서 특파원 생활을 했다.

그곳에서 일본 정부의 동향을 소련에 비밀리에 보고하는 임무를 맡았다. 조르게는 만주에 주둔하고 있는 일본 관동군이 소련을 침공하지 않을 것이라는 첩보를 몰래 입수하고 이를 모스크바에 보냈다. 이를 통해 소련군이 독일과 싸우는 서부전선에 집중할 수 있도록 도왔다. 조르게의 첩보가 없었다면 소련은 군대를 동부와 서부 전선에 분산 배치할 수밖에 없었을 것이다. 이후 조르게는 일본 헌병대에 첩보 활동이 발각돼 1944년 11월 7일 형무소의 이슬로 사라졌다. 기자 조

심하라는 말은 그냥 나온 게 아니다.

기자는 특종에 살고 특종에 죽는다. 기사에 따라 여론이 들끓기도 하고, 잠잠해지기도 한다. 딱딱한 사실이 단조로울 것이라는 생각은 오산이다. 오히려 사실만이 민심에 불을 당길 수 있다. 이런 모습은 논픽션 작가와 일견 닮았다.

사이버 공간에도 글감이 넘친다. 각 일간지 '온라인 뉴스팀'은 주로 인터넷을 뒤져 소재를 찾는다. '청와대 청원 게시판'과 '네이트판', 각 지역의 '맘카페', '여성시대', '디시인사이드', '보배드림' 등 사이트에는 매일같이 다양한 이야기가 쏟아진다. 이런 곳도 글감을 뽑아내는 텃밭이다.

하지만 인터넷에서 찾은 소재는 깊고 정통한 영역까지 내려가는 데 한계가 있다. 단발적인 화제에 그치는 경우가 많다. 특히 전문지 기자는 인터넷에서 얻는 자료만 가지고 기사를 써서는 안 된다. 내밀한 영역을 취재할수록 취재원을 통한 접근법이 중시된다. 정석이 최선인 경우가 많다.

되도록 많은 사람을 만나고, 정확한 기사로 신뢰감을 주어야 한다.

7. 스트는 뭐고, 피처는 뭐예요?

기사는 형태와 목적에 따라 다양하게 구분된다. 매체
와 출입처마다 쓰는 용어가 조금씩 다르다. 하지만 이론
적인 구분에 얽매일 필요는 없다. 기사는 실무에서 직접
쓰며 배우는 게 최선이다. 기자 교육은 도제식으로 이뤄
진다. 학습보다는 체득(體得)이라는 말이 더 어울린다.
따라서 처음 몸담은 매체와 선배들의 영향을 적지 않게
받는다.

큰 틀에서는 스트레이트(straight) 기사와 피처(fea-
ture) 기사로 나뉜다. 복잡하지만 실무에서 자주 쓰기 때
문에 언급하고 간다. 스트레이트 기사는 사건을 육하원
칙에 따라 독자들에게 전달한다. 사실 중심의 정보를 일
정 형식에 맞춰 전달하는 보도다. 스트레이트를 제외한
뉴스가 피처다. 일반적으로 피처는 내러티브 중심의 박
스 기사나 오피니언 등을 통칭한다.

"이 내용 어떻게 처리할까요?"

"그냥 스트로 써서 올려."

실무에서 자주 듣는 대화다. 여러 변주가 가능한 소재를 발견했을 때 초임 기자들은 선배나 데스크에 어떻게 조치할지 묻는다. "스트로 처리하라"는 말은 객관적 사실만 담아 짧게 보도하라는 의미다. 너무 힘을 쏟아붓지 말라는 뜻이기도 하다. 기삿거리를 잡으면 데스크에서 "기획으로 키워 봐라", "박스 형태로 작성해라" 이런 지시가 내려올 때가 있다. 더 취재해서 기사 내용을 풍성하게 담으라는 취지다.

용어를 몇 가지만 더 살펴보자. 발생기사는 사건기사 또는 현장기사라고 부른다. 기자의 주관을 배제하고 실제 발생한 사건(event)을 객관적으로 보도한다. 스트레이트의 한 형태다. 발생기사는 정확한 사실관계를 알기 쉽게 독자들에게 전달하는 것이 핵심이다. 문장이 건조하고, 양식이 정형화되어 있는 편이다. '리드'라 부르는 기사 머리글이 나오고 행사 주체, 날짜, 장소, 주제를 순서대로 기재한다. 그 뒤 주제와 핵심 내용을 간단하게 소개한다. 비교적 신속하게 처리할 수 있다. 연차가 낮은 시기에는 대부분 발생기사를 처리하는 데 많은 시간을 할애한다. 따라서 기자들은 소속 출입처의 주요 일정을 확인한 뒤 수시로 보고한다. 일정에 맞춰 발제가 이뤄지는데, 데스크는 현장 기자가 올린 보고를 토대로 전체적인 지면을 구상하게 된다. 지면에서 발생기사가 차지하는 비율은 상당히 높다.

기획기사는 사회 변화를 추동하는 데 주안점을 둔다. 따라서 목적 지향 성격이 짙다. 사회 이슈를 공론화하여 여론을 환기하는 역할을 한다. 대중적인 소구력이 필요하므로, 구성과 짜임에서 설득력 있는 글쓰기가 요구된다. 다만 기자와 언론사의 의도가 뻔하게 노출되면 독자들이 불쾌감을 느낄 수 있다.

"이거 너희들 장단에 맞춰 달라는 거야, 뭐야."
"의도가 뻔히 보이네, 기자가 돈 먹었나?"

숨은 목적이 있더라도 객관적 사실을 '큐걸이'로 삼아 논리적으로 구성해야 한다. 또 특정 인사에 대한 띄워 주기나 실력 행사를 위해 기사를 작성하는 것은 지양해야 한다.

쉬운 기사 작성법

장문의 기획기사는 문장의 온도를 적절히 유지하는 데 신경 써야 한다. 기사 특유의 건조함이 사라지면, 오피니언으로 바뀐다. 잘못하면 블로그나 '찌라시' 취급을 받는다. 기사의 설득력은 사실에서 나온다. 주관이 도드라지면 독자는 사실이 아니라 사견(私見)으로 본다. 기사에 감정을 담거나 사실관계를 입맛에 맞게 왜곡하는 건 금물이다. 독자들은 바보가 아니다. 요즘 세상이 어떤 세상인가. 얄은꾀를 쓰면 대번에 알아본다.

　절제되지 않은 감정이 기사에 들어가면 선동문이 된다. 기자와 동일한 성향을 가진 사람은 이런 기사를 보며 카타르시스를 느끼겠지만, 대다수의 독자는 불편한 감정을 느낀다. 목적을 내포한다 하더라도 선을 지켜야 한다. 언론이 섬겨야 할 궁극적 대상은 국민이다.

　현상을 날것 그대로 보여 주는 '르포르타주'(준말은 '르포')도 대표적인 기획기사다. 르포는 독자로 하여금 마치 사건 현장에 있는 듯한 감정을 전달하며 공감대를 형성한다. 때문에 완성도 높은 스토리텔링과 치밀한 구성이 요구된다. 현장을 스케치하며 묘사하듯 그리고, 사람들의 반응과 멘트를 요소요소에 담는다.

　미국에서 금주법을 시행하던 당시에는 기자들이 밀주

를 제조·유통하는 마피아 조직에 잠입해 르포를 쓰다 살해당하는 일이 비일비재했다. 기자들이 위장 취업을 하거나 현장에 잠입하는 사례는 지금도 심심치 않게 볼 수 있다. '모바일 세탁서비스업체 취업기' 시리즈 기획기사를 쓴 2022년 『매일노동뉴스』 기사가 대표적이다.[6] 이 기사는 실제 기자가 세탁플랫폼 업체에 입사에 체험한 내용을 바탕으로 쓰였다. 최근 보기 드문 잠입 르포 기사다.

르포는 기자의 경험을 바탕으로 작성되기 때문에 높은 흡입력과 설득력을 갖는다. 이는 저널리즘의 본질과 상통하며 외곽 취재로는 절대 얻을 수 없는 신선한 정보가 담겨 있다. '우라카이(베끼기)'나 '받아쓰기' 문화에 젖어 있는 국내 언론에 시사하는 바가 크다. 그러나 잘못하면 당사자로부터 업무방해죄로 고소를 당할 우려가 있으니 신중해야 한다. 공익적 의도에서 국민 알 권리를 위해 취재한 경우라도 진실의 범주에서 벗어나서는 안 된다. 공익과 사실의 방파제 안에 머물러야 기자도 보호받을 수 있다.

---

6) 「[모바일 세탁서비스업체 취업기 ①] 24시간 세탁, 그곳은 '빨래지옥'이었다」『매일노동뉴스』 2022.10.12.(홍준표 기자)

쉬운 기사 작성법

인터뷰 기사는 사건이 아닌 사람에 초점을 맞춘다. 인터뷰 대상이 살아온 과정을 짚어 나가는 일대기 형식의 인터뷰와, 특정 사건에 대한 시각을 조명하는 사건 인터뷰가 보편적이다. 인터뷰는 인물 내면을 탐구하면서 맥락에 맞게 작성해야 하므로 숙련된 기자들이 주로 쓴다. 인터뷰 기사의 품질은 질문 수준에 달려 있다. 질문력이 기사의 가치를 좌우한다. 쓸데없는 질문을 던지면, 별 볼 일 없는 답변이 나온다. 하나의 질문을 던지더라도 '킬러 문항'처럼 예리한 화두를 던져야 한다. 인터뷰 기사는 인터뷰이(interviewee)와 인터뷰어(interviewer)가 소중한 시간을 내서 합작품을 만들어 내는 작업인 만큼, 의미 있

는 질문을 통해 파급력 있는 답변을 얻어야 한다.

애플의 창업주인 스티브 잡스^{Steven Jobs, 1955~2011}는 다음과 같이 말했다.

> "소크라테스와 점심을 먹을 수 있다면, 애플의 모
> 든 기술을 포기할 수 있다."
> (I would trade all of my technology for an afternoon
> with Socrates)

실제로 잡스에게 소크라테스와 1시간가량 점심을 먹을 수 있는 기회가 주어졌다면 어떤 질문을 했을까?

밤낮 고심하며 최선의 질문을 마련해 갔을 것이다. 인터뷰를 진행할 때는 이런 마음을 가져야 한다. 소크라테스와의 점심시간이 주어졌다고 생각하고, 성의껏 질문을 준비해야 한다.

보도자료 기사는 출입처 등에서 배포하는 공식적인 자료(성명서, 설명·해명자료 등)를 바탕으로 작성한다. 독자적인 취재에만 의존할 경우 기사의 생산성이 크게 떨어진다. 지면을 다 채울 수 있을지도 의문이다. 따라서 많은 언론사가 기업·정부·시민단체에서 배포하는 보도

쉬운 기사 작성법

자료를 바탕으로 지면을 채운다. 상당수의 보도자료가 기사의 형식에 맞춰 제공되기 때문에 이를 살짝 각색해 그대로 기사화하는 사례가 더 많다.

그렇지만 보도자료를 무시해서는 안 된다. 기획보도나 특종 기사의 시발점도 처음에는 보도자료에서 시작하는 경우가 많다. 보도자료에 담긴 내용에 의문을 품고 생각을 발전시켜 나가다 보면 훌륭한 기획기사가 탄생하기도 한다. 또 보도자료는 기관과 단체의 공식적 입장이므로, 사안을 분석할 때 빼놓을 수 없다. 보도자료를 배포했다는 사실 자체가 무게감 있는 사안이라는 방증이다. 기관 입장에서는 공보(公報)이며, 기자 입장에서는 취재(取材)가 되는 것이 바로 보도자료다.

보도시점 배포 즉시 보도 　**배포** 2023. 6. 23.(금)

법무부, 비자 제도 개선을 통해 유학생을 지역 사회에 정착할 인재로 키웁니다.

- 지방대학 유학생 재정능력 심사 기준 완화, 외국인 근로자의 학업 병행 허용
- 유학생의 시간제 취업 시간·범위 확대 등 유학생의 진로 탐색 기회 제공

□ 법무부는 해외 우수인재 유치 및 유학생의 국내 정착을 유도하기 위해 유학생 비자제도 개선 방안을 마련하여 시행합니다. ('23.7.3.)

ㅇ 국내 체류 유학생 수는 지난 10년간 약 8만 명에서 약 20만 명으로 큰 폭의 성장을 이루었습니다. 앞으로는 유학생 유치 확대를 지원하면서도 유학생의 한국사회 적응능력을 제고할 수 있도록 유학 제도를 내실화 하고자 합니다.

ㅇ 첫째, **유학 비자 발급 시 필요한 재정능력 심사 기준을 완화**합니다. 재정 능력 입증 기준이 달러에서 원화로 변경되고, 학위과정 유학생의 경우 2천만 원, 어학연수생의 경우 1천만 원 상당의 재정능력을 입증하면 됩니다. 특히 신입생 유치에 어려움을 겪는 지방대학 유학생은 학위과정 1천 6백 만 원, 어학연수생은 8백만 원 상당의 재정능력을 입증하도록 기준을 추가 완화하였습니다.

ㅇ 둘째, **외국인 근로자의 국내 유학 활동 병행이 가능**해집니다. 이를 통해, 비전문취업(E-9), 선원취업(E-10) 근로자들이 직업 전문성을 개발하여, 숙련기능인력(E-7-4)* 자격을 취득하는데 도움이 될 것으로 기대됩니다.

* 장기간 단순노무분야에 종사한 외국인의 소득, 경력, 학력, 한국어능력 등을 점수제로 평가하여 장기 취업이 가능한 비자로 변경을 허용하는 제도

- 보도자료 예시: 법무부

8. 우두머리를 치면 나머지는 그대로 무너진다

이연걸, 유덕화, 금성무가 주연을 맡은 영화 〈명장〉 (2007)은 청나라 말기 홍수전洪秀全, 1814~1864이 일으킨 태평천국운동을 시대 배경으로 삼는다. 홍수전은 기독교 사상을 토대로 '배상제회'를 세워 반란을 일으켰다. 영화 초반부에는 전선에서 밀려난 청나라 장수 방청운(이연걸)이 도적 떼에 합류해 처음 전투를 치르는 장면이 나온다. 이들은 협곡을 지나던 태평천국군을 기습해 치열하게 싸우지만, 시간이 흐를수록 점점 수세에 몰린다. 그때 방청운이 말 탄 적장을 창으로 꿰뚫어 죽이며 다음과 같이 말한다.

"우두머리를 치면 나머지는 그대로 무너진다."

장기와 체스 경기에서도 왕을 잡으면 게임이 끝난다. 볼링도 킹핀을 제대로 맞춰 쓰러트리면 나머지 핀이 와

르르 무너진다. 성경에서 하나님이 이스라엘 민족에게 내린 축복 중에는 '너로 머리가 되고 꼬리가 되지 않게 하겠다[7]'는 내용이 있다. 이처럼 '꼭지'의 중요성은 두말할 필요가 없다. 어디에서 무엇을 하든 머리를 잡아야 한다.

기사에도 머리가 있다. 바로 기사의 첫 도입부다. 실무에서는 야마(やま) 또는 리드(lead)라 부른다. 기사는 대

---

7) 신명기 28장 13절.

부분 두괄식으로 구성된다. 중요한 내용을 앞세우고 중요하지 않은 내용은 뒤에 배치한다. 고깔 모양의 역피라미드 구성이다. 야마는 기사의 머리글을 의미하기도 하지만, 핵심 요지를 뜻하기도 한다. 리드는 주로 기사 앞부분에 쓰인 머리글을 지칭한다.

기삿거리를 확보하면 어떤 내용이 독자들에게 소구할 수 있을지 깊이 생각해야 한다. 이른바 야마를 잡는 단계다. 실력 있는 기자일수록 제대로 된 야마를 건진다. 사소한 내용도 핵심을 잘 잡으면 널리 읽힌다.

정보 전달이 중요한 스트레이트 기사에서 리드는 핵심 내용을 요약해 보여 주는 역할을 한다. 리드만 봐도 사건의 개략적인 내용을 독자가 파악할 수 있어야 한다. 보통 스트레이트 기사 리드는 1~2문장의 압축적 진술로 이뤄져 있다.

[예시1]
문재인 대통령은 31일 청와대 민정수석실 반부패비서관에 김기표(49·사법연수원 30기) 법무법인 현진 대표변호사를 임명했다. 신현수 전 민정수석의 사의 파동 이후 지난 4일 김진국 신임 민정수석 체제가 출범한 데 따른 후속 인사다.

[예시2]

2014학년도 수능시험 세계지리 문제 출제 오류로 피해를 입은 학생들이 국가로부터 배상을 받게 됐다. 법원은 수능시험이 차지하는 중요성과 국민적 관심도에 비춰 볼 때 출제기관과 감독기관의 주의의무가 강도 높게 요구된다며 국가의 책임을 인정했다.

[예시3]

범죄수익으로 얻은 가상화폐도 몰수 대상이라는 첫 판결이 나왔다. 몰수는 범죄와 관계 있는 재산을 박탈하는 것으로, 법원이 가상화폐의 재산적 가치를 인정한 것은 이번이 처음이다.

예시문처럼 리드만 읽어도 본문 내용을 짐작할 수 있도록 써야 한다. 사건·사고 기사는 육하원칙에 맞춰 좀더 정형적으로 구성한다. 언론사마다 차이가 있지만 보통 **'누가-언제-어디서-(누가)-무엇을-어떻게(왜)'** 순으로 작성한다. [8] 압축·요약된 리드를 통해 독자는 기사의 얼개를 파악할 수 있다. 또 리드에 나온 핵심 정보를 토대로 기사를 읽기 때문에, 본문을 보다 정확하게 이해하게 된다. 바쁜 사람들은 기사의 리드만 읽고 넘어가기도 한다.

---

8) 남재일·이재훈, 『저널리즘 글쓰기의 논리』 커뮤니케이션북스, 2013, 22면.

[예시4]

16일 오전 11시 20분쯤 서울 ○○구 ○○동 인근 한 빌딩에서 고등학교 2학년 A(16)양이 남성 아이돌 그룹 ○○○의 멤버 사진을 찍다가 발을 헛디뎌 추락해 사망하는 사고가 발생했다.

예시4는 '언제(16일 오전 11시 20분쯤), 어디서(○○구 ○○동 인근 한 빌딩), 누가(고등학교 2학년 A양), 무엇을(아이돌 그룹 사진을 찍다가), 어떻게(추락사)'라는 요건에 맞춰 작성된 사건기사의 리드다. 처음 기자가 되면 주로 사건팀에 배속돼 이 같은 스트레이트 기사를 반복적으로 쓰며 기사문 작성에 숙달하게 된다.

기획기사 리드는 조금 다르다. 독자로 하여금 호흡이 긴 기사를 읽고 공감하게 만들어야 한다. 따라서 질문(화두)을 던져 문제의식을 환기하거나, 특정 현장을 묘사하듯 그리면서 시작한다. 또 다른 사람의 말을 인용하며 시작하는 등 다채로운 방식이 활용된다. 기획기사는 ▲기사의 구조 ▲문단의 배열 ▲사건의 성격 ▲취재의 방식 ▲문체 등 여러 가지 사정을 고려해 리드를 정하면 된다.

9. 기사의 힘은 짧고 강한 리드에서

"버려진 섬마다 꽃이 피었다."

"서울을 버려야 서울로 돌아올 수 있다는 말은 그
럴듯하게 들렸다."

김훈 작가의 소설 『칼의 노래』와 『남한산성』에 나오는
첫 문장들이다. 명문이어서 사람들 사이에서 두고두고
회자된다. 강렬한 첫 문장으로 독자의 마음을 휘어잡는
기술이 일품이다. 김 작가는 소설 첫 문장을 완성하기 위
해 몇 날 며칠을 고민한다고 한다. 『칼의 노래』 첫 문장은
원래 "버려진 섬마다 꽃은 피었다"였다. 하지만 담배를
한 갑 피우며 고민한 끝에 "버려진 섬마다 꽃이 피었다"
라고 수정했다. 그는 "꽃이 피었다'는 사실의 세계에 대
한 진술이고 '꽃은 피었다'는 의견과 정서의 세계를 진술
한 것이니, 이것을 구분하지 못하면 소설과 문장이 몽매
해진다"라고 설명했다.

비참한 현실에 관한 건조한 진술이 상황의 비극성을 심화시킬 수 있다는 면에서 좋은 선택이었다고 본다. 김훈 작가도 기자 출신이다. 그의 독특한 단문 형식의 문체도 언론인 시절 체득한 것으로 알려졌다.

리드는 통상 한두 문장으로 짧게 구성된다. 아무리 길어도 3문장을 넘지 않는 것이 좋다. 글의 힘은 짧고 강력한 첫 문장에서 나온다. 중언부언할수록 설득력이 떨어진다. 깔끔한 첫 문장은 기사의 핵심 내용을 독자들이 쉽고 빠르게 알 수 있도록 돕는다.

리드를 억지로 쥐어짤 필요도 없다. 간단한 단신이나 동정기사에 거창한 리드를 붙이면, 서툰 홍보로 전락한다. 이런 기사는 매체 평판을 깎아 먹는 주범이다. 적절한 선을 지켜야 한다. 기사의 소비 창구가 인터넷에 집중되면서 수많은 온라인 매체들이 백화난만(百花爛漫)이다. 하지만 정도를 걷지 않으면 오래가지 못한다. 시류에 편승하지 않고 묵묵히 원칙을 지켜야 제대로 된 언론으로 자리매김할 수 있다.

리드는 주제를 가다듬으며 작성한다. 중요 내용을 적실하게 요약하는 게 핵심이다. 리드만 읽어도 윤곽을 파악할 수 있도록 구성해야 한다. 리드를 작성하는 능력에서 실력 차이가 난다. 실력이 부족하면 추상적인 일반론을 앞세운다. 전체 내용을 포괄해야 한다는 부담감 때문이다. 진술 요약과 추상화를 헷갈리면 안 된다. 추상화를 거듭하면 글이 관념적으로 바뀐다. 독자들에게 관념적인 일반론은 식상하고 힘없는 구호에 불과하다. 아무리 외쳐도 '약빨'이 받지 않는다. 구체적이고 명확한 내용을 문두에 앞세워야 한다.

모든 주장에는 전제가 있다. 전제는 추상적이고, 주장은 구체적이다. 기자는 구체적 주장에 주목해야 한다. 현상과 직접 맞닿은 지점이기 때문이다. 보편적 진술에 가까운 전제는 주장을 통해 간접적으로 현상과 이어진다. 따라서 독자가 직관적으로 이해할 수 있는 내용은 주장이다.

"상속 시 부부를 부양의 관점이 아닌 경제 공동체 관점으로 바라보고, 상속 순위와 범위에 대해 논의하는 자리가 마련됐다."

한 법률 세미나에 나온 내용을 토대로 작성된 기사의 리드다. 세미나의 골자는 배우자가 사망했을 때 남은 배우자가 사망인의 재산을 단독으로 상속하고, 상속세도 없애자는 것이었다. 그런데 이 기사 리드는 "부부관계를 경제 공동체 관점으로 바라보자", "상속 순위와 범위를 논의했다" 등 추상적으로 구성됐다. 이것만 읽어서는 요지를 알 수 없다.

> "배우자 사망 시 남은 배우자가 재산을 100% 상속
> 하고 상속세도 없애는 등 '배우자 상속권'을 한층
> 강화해야 한다는 주장이 나왔다."

구체적 주장에 주목해 리드를 이렇게 바꿨다. 처음 작성된 리드에 비해 훨씬 생산적이다. 부부를 '경제 공동체' 관점으로 바라본다는 내용은 단독 상속을 주장하는 전제일 뿐이다. 논증 과정을 풀어 보면 다음과 같다.

[대전제]
부부 관계는 경제 공동체이다.

[소전제]
배우자는 공동으로 재산을 형성했기 때문에 자녀에 비해 앞선 권리를 갖는다.

처음 작성된 리드는 '대전제'에 해당하는 관념을 내세웠다. 독자가 이것만 읽고 무슨 내용이 나올지 예측하기란 불가능하다. 불친절한 글이다. 관념은 주장을 이끌어내기 위한 바탕이다. 이론을 궁구(窮究)하는 학술 문헌에서는 관념 요소가 중시될지 몰라도 기사의 리드로는 적합하지 않다. 기사는 대중 지향적이야 한다.

리드는 ① 간결성 ② 구체성 ③ 전달력이라는 삼박자를 갖춰야 한다. 전체 내용을 함축하면서도 쉽게 이해할 수 있어야 한다. 숙련된 기자도 일필휘지(一筆揮之)로 리드를 뽑아내기 어렵다. 고민을 많이 해야 한다. 생각이 떠오르지 않는다면 본문을 먼저 작성한 뒤 리드를 작성하는 편이 낫다. 글을 완성해 나가다 보면 막연한 생각이 점점 구체화된다. 자연스레 중심 내용이 잡힌다. 리드 쓰기가 훨씬 수월해진다. 리드를 먼저 적어 놓았다가, 본문을 작성한 뒤 수정하는 사례도 부지기수다. 처음부터 리드를 고정해 버리면 오히려 본문이 얽매인다. 탄력성이 사라지고 재미없는 글이 나오게 된다.

리드는 구체적이어야 한다. 구체성이 있어야 전달력이 높아진다. 관념으로 도피해서는 안 된다. 기자들이 두루뭉술하게 리드를 작성하는 이유는 비겁하거나, 실력이 없기 때문이다. 물에 술 탄 듯, 술에 물 탄 듯한 '공자님 말씀'을 꺼내면 공격이 덜하다. 하지만 글에 힘이 없다. 회의석상에서도 원론만 주구장창 늘어놓는 사람이 가장 비생산적이다. 명확하고 구체적인 진술이 독자의 시선을 사로잡는다. 이러한 측면은 칭찬과 비슷하다. 왜 좋냐는 질문에 "다 좋습니다", "적당합니다"라는 말은 와닿지 않는다. "키가 크고 어깨가 넓어서 좋습니다", "작동하기 편하고 시트가 부드러워 좋습니다"처럼 구체적으로 칭찬해야 듣는 사람도 기분이 좋다.

간결성도 중요하다. 핵심은 버리기다. "이것도 중요하고, 저것도 중요하니 리드에 다 넣자"고 생각하면 죽도 밥도 되지 않는다. 핵심 내용을 분별하고 꼭 집어내는 능력이 요구된다. 리드는 단순하고, 간결해야 한다.

취재 내용에 쟁점이 여러 개 뒤섞여 있을 때는 가장 의미 있는 내용을 잡아 집중적으로 밀고 나가야 한다. 아깝다고 이런저런 주제를 모두 넣으면 누더기가 된다. 과감하게 가지를 치면서 하나의 논점, 싱글 포인트(single

쉬운 기사 작성법

point)를 유지해야 한다. 주제가 정해졌다면 쟁점을 벗어나서는 안 된다. 논점 일탈은 죽음이다. 이는 기사를 떠나 모든 글쓰기의 기본이다.

[추상적인 머리글]
하루가 다르게 변하는 4차 산업혁명 시대 속에서 법조계도 관련 법 제정과 규제 등 대응 방안을 모색하기 위해 한자리에 모였다.

[구체적인 머리글]
인공지능(AI) 개발자에게는 관련 산업에서 요구되는 윤리준수 의무를 사전에 부과해야 한다는 주장이 나왔다.

대규모 학술대회에서는 여러 쟁점을 동시에 다룬다. 보통 하루에 3~4개 세션이 진행된다. 세션별로 주제와 분야가 다르다. 이 경우에는 어떤 내용에 기사 방점을 둘 것인지 선택한다. 행사가 열렸다는 사실 자체에 초점을 맞춘다면 간단하게 행사 주최와 취지, 발표자만 나열해 스트로 처리해도 된다. 내용 중심으로 깊이 다루고자 한다면, 이 중 가장 파급력 있는 주제를 선택해 구체적으로 부각해야 한다.

의미 있는 주제는 ① 시의성 ② 발표자 ③ 파급력 세 가지를 종합적으로 고려해 선정한다. 구체적으로는 ▲화제(논란)가 되는 사회 이슈를 다룬 경우 ▲스포트라이트를 받는 인물이 발표자로 나선 경우 ▲사회에 미치는 파급력이 클 것으로 예상되는 경우에 초점을 맞춘다. 어떤 내용을 앞세울지는 기자와 데스크 몫이다. 여기서는 관심 분야와 전문성이 투영된다.

각 주제들이 비슷한 수준의 시의성과 파급력을 가졌다면 주장 강도가 높은 것을 리드로 삼는 게 좋다. 주장이 선명할수록 독자들의 시선을 끌기 쉽다. 구체적 대안 없이 양시·양비론으로 끝나거나, 앞선 논의를 정리하는 선에서 마무리하는 발표는 아무래도 약하다.

10. 낙숫물이 바위를 뚫는다

어린 시절 '콩콩코믹스'에서 나온 『권법소년』 만화를 읽고 큰 감명을 받았다. 만화는 한 소년이 중국으로 떠난 할아버지를 찾아 나서는 여정을 그렸는데, 팔극권을 토대로 여러 무술을 접하고 배우는 성장 스토리였다.

만화를 읽고 무술이 배우고 싶어져 태권도장에 등록하니 사범님은 태극 1장부터 가르쳤다. 밍밍한 주먹 지르기와 발차기를 익히고 나면 태극 2장, 태극 3장, 태극 4장이 기다렸다. 지루함을 참지 못한 나는 굴 밖을 뛰쳐나간 호랑이처럼 중도 포기하고 말았다.

"도대체 품새 따위가 실전에 무슨 도움이 된담?"

돌이켜보면 이런 생각을 했던 것 같다. 만화나 영화에 나오는 화려한 기술을 빨리 배우고(보여 주고) 싶었는데, 기본동작만 반복하니 맥이 탁 풀렸다. 그 후에도 몇 번 더 태권도를 배우려 했지만 똑같은 상황이 반복됐다. 덕분에 군대에 가서도 '무단자'를 대상으로 실시하는 일과 후 태권도 훈련에 매번 끌려 나갔다.

지나고 보니 품새를 가르치는 데는 다 이유가 있었다. 품새는 알게 모르게 체력을 높이고, 정확한 동작을 몸에 체화시킨다. 반복 훈련으로 '콩나물 자라듯' 실력이 커진다. 중요한 것은 정확한 자세다. 운동을 해도 실력이 늘지 않으면 자세에 문제가 있을 확률이 높다. 올바른 동작으로 신체를 움직여야 정확한 자극이 근육에 전달돼 몸

쉬운 기사 작성법

이 좋아진다.

　기사도 마찬가지다. 언론사에 입사하면 건조하고 단순한 기사를 반복적으로 쓰게 한다. 특별히 기교를 부릴 여지가 없다. 간만에 솜씨를 내면 데스크가 귀신같이 잡아내 슴슴하게 바꿔 놓는다. 단신만 반복하니 조회수도 그저 그렇다.

> "나는 문장에 자신 있는데, 빨리 대박을 터뜨릴 기회를 줬으면⋯."

　이런 마음을 품을 수도 있다. 왕년에 '글 좀 쓴다'고 자부하는 사람일수록 이런 경향이 더 강하다. 하지만 잘못된 생각이다. 기사의 힘은 건조하고 중립적인 언어에서 나온다. 문장 기술을 자랑하고 싶으면 기자를 하면 안 된다. 소설이나 시를 써야 한다. 노선을 잘못 탄 셈이다.

　초임 기자가 2~3년 반복 훈련을 받아 숙달하면 짧은 스트레이트 기사는 몇 분 만에 작성할 수 있는 능력이 생긴다. 시간이 지나면 핵심은 취재지, 문장력이 아니라는 점을 깨닫는다.

　짧은 스트레이트 기사는 리드를 제외하고 2~3문단을

더해 기사를 완성한다. 통신사 기자는 하루에 6~10편이 넘는 기사를 작성하기도 한다. 처음에는 어렵지만 익숙해지면 빠르게 기사문을 작성할 수 있다.

윤 대통령, 신임 공정거래위원장에 한기정 교수 지명

[리드]
윤석열 대통령이 신임 공정거래위원회 위원장으로 한기정 서울대 로스쿨 원장을 지명했다.

[본문1]
김대기 대통령실 비서실장은 18일 서울 용산구에 있는 대통령실 브리핑룸에서 한 후보자에 대해 "시장주의 경제원칙을 존중하는 법학자이면서도 연구원이나 정부위원으로 활동하며 행정 분야 전문성을 겸비하신 분"이라며 "공정위를 잘 이끌어 줄 적임자로 판단하고 있다"고 밝혔다.

[본문2]
한 교수는 서울대 법대와 같은 대학 대학원을 졸업하고 영국 케임브리지대에서 법학박사를 취득했다. 이후 제4대 보험연구원 원장, 서울대 금융법센터장, 서울대 로스쿨 최고지도자과정 주임교수, 법무부 상법개정특별위원회 위원 등을 역임했다.

현재는 서울대 로스쿨 원장, 법학전문대학원협의회 이사장, 법무부 감찰위원회 위원장을 맡고 있다.

쉬운 기사 작성법

[본문3]

윤 대통령은 지난달 4일 송옥렬 서울대 로스쿨 교수를 후보자로 지명했지만 송 교수는 성희롱 논란에 휩싸이며 엿새 만에 자진 사퇴했다.

전 정부 시절 임명된 조성욱 위원장은 새 정부 출범 전에 사의를 표했지만, 후임이 임명되지 않아 계속 업무를 보고 있는 상황이다.

– 『법조신문』 2022.08.18.

이 기사는 533자(字)로 구성됐다. 작성 시간은 대략 15분 안팎이다. 공정거래위원회 신임 위원장에 한기정 서울대 로스쿨 원장이 임명됐다는 인사 정보를 담고 있다. 리드에 누가 어떤 직책에 지명됐는지 담백하게 서술돼 있다. 따라서 앞부분만 읽어도 기사 얼개를 파악할 수 있다.

본문1에는 한기정 교수가 임명된 이유를 대통령실의 브리핑을 통해 설명하고 있다. 이러한 공식 입장은 기관 홈페이지나 보도자료에서 확인할 수 있다. 정부 부처 등 주요 출입처는 중요한 메시지를 내보낼 때 정례 브리핑이나 기자회견을 연다.

참고로 출입처에 상주하는 기자들을 출입 기자라고 부

른다. 언론매체는 출입처별로 자발적인 모임을 운영한다. 예컨대, 법원과 검찰에 출입하는 기자단은 '법조 출입기자단'이다. 기자단은 자치기구이므로 가입과 탈퇴를 자율적으로 정한다. 출입 기자가 되면 출입처 내 기자실 사용과 브리핑 참석, 보도자료 공유에서 특전을 받는다. 비출입사는 이 같은 혜택을 받지 못한다. 보통 공식적으로 출입사가 되면 "출입처를 뚫었다"고 표현한다.

본문2는 독자들이 궁금해하는 학력과 주요 경력 사항이 기술되어 있다. 국민들은 한 교수의 경력과 프로필을 살펴보며 대통령실 인선(人選)의 타당성을 따져 보게 된다. 인사 정보는 정확성이 생명이다. 커리어에 특기할 만한 사항이 있다면 그 부분을 강조해 주는 것이 좋다. 주로 유학 경험이나, 연구 업적, 사회참여 활동 등 독특한 이력을 앞세운다. 다른 매체에서 발견하지 못한 이색 경력이 있다면 추가한다. 포털 사이트의 뉴스 콘텐츠 알고리즘은 기사의 독창성에 가중치를 둔다. 독자적인 사진과 내용이 기사에 포함되어 있다면 상위에 노출되는 데 유리하다.

본문3은 인사를 둘러싼 논란을 가볍게 터치하고 있다. 물망에 올랐던 사람이 낙마하고, 과거 정부에서 임명된

쉬운 기사 작성법

인사가 사의를 표명했음에도 계속 업무를 보는 특이한 상황을 전달한다. 직접적인 비판은 삼가고 있으나, 불협화음이 담긴 정황을 여과 없이 묘사해 주의를 환기하고 있다.

본문은 리드에 적힌 내용을 구체화하면서 2~3문단 정도 작성하면 된다. 사람이면 해당 인물의 경력이나 특징을, 사건이면 사안의 발생원인과 피해 규모 등 팩트를 2~4문장 배치한다.

새 공정거래위원장에 한기정 교수

신임 공정거래위원장에 한기정 서울대 교수가 18일 임명됐다.
한 교수는 영국 케임브리지 대학에서 법학박사 학위를 받았다. 이후 서울대 금융법센터장, 법무부 상법개정특별위원회 위원 등을 지냈다.
대통령실은 "행정 분야에 전문성을 갖춘 적임자"라고 밝혔다.

상황에 따라 더 짧게 작성할 수 있다. 공간 제약이 덜한 인터넷 기사에는 내용을 풍성하게 담더라도, 지면에 넣을 때는 축약하는 경우가 많다. 다만 핵심 정보는 빠뜨리지 않고 기재해 '정보 전달'이라는 목적을 달성하는 데 손색이 없어야 한다. 어떤 정보를 넣고 뺄지 판단하는 과

정에서 취재기자와 편집기자의 의견이 엇갈리기도 한다.

법조는 인사·동정 기사를 처리해야 하는 일이 잦다. 정부 요직이나 고위직에 진출하는 사람들이 많기 때문이다. 정부·지자체 위원 등 비교적 작은 직책에 보임된 경우에도 기사화한다. 일간지에서는 잘 다루지 않지만, 전문지들은 소소한 인물 동정 기사를 작성하는 데 너그럽다. 이렇게 누적된 기사는 일상사(史)의 한 페이지를 장식한다. 언론은 사실을 전달하는 역할에만 머물지 않는다. 기록 자체도 의미가 있다. 때때로 작은 토막 기사 한 꼭지가 큰 역할을 하기도 한다. 메이저 언론에서 다루지 않는 내용을 잘 커버하는 것도 전문지 역할 중 하나다.

11. 기획기사에 공식이 있다고요?

기획기사는 심층 취재를 바탕으로 한 상보(상세한 보도)다. 기사 내에 2~3개의 개별 꼭지가 포함된다. 통상 4,000자(字) 안팎으로 구성되며 대판 기준으로 지면 1개 면을 통째로 채우기도 한다.

하지만 꼭지(■, ◇ 등으로 구분)가 여러 개 있다고 복수의 쟁점을 산만하게 담아서는 안 된다. 흔들리지 않고 목표한 쟁점을 꿰뚫어야 한다. 하나의 소재를 여러 각도에서 입체적으로 살피는 과정으로 생각하면 된다. 개별 꼭지들은 일관되게 하나의 주제를 향하고 있어야 하며, 논리적 흐름에 맞게 이어져야 한다.

초년병 기자들은 기획기사를 쓰는 데 부담을 느낀다. 특히 구성 측면에서 짜임새 있게 맥락을 연결하는 방법을 몰라 헤매곤 한다. 다음은 내가 기자 생활을 하면서 터득한 기획기사 공식이다. 적절히 써먹으면 꽤 유용하다.

> **[기획기사 공식1]**
> ① 현상 설명 → ② 문제 제기(질문 던지기) → ③ 대안 제시(결론)
>
> **[기획기사 공식2]**
> ① 현상 설명 → ② 문제 분석 → ③ 대안 제시(결론)

공식을 변형해 사용하는 것도 가능하다. 다양한 파생 형태가 나올 수 있다. 하지만 기본 원칙은 대동소이하다. 현상을 설명하고, 문제를 제기한 다음 대안을 제시하는 것이다. 이렇게 꼭지를 나누어 구성하면 어떤 소재로도 무난하게 기획기사를 작성할 수 있다.

현상을 설명할 때는 통계나 수치를 활용하는 것이 좋다. 숫자는 거짓말을 하지 않는다. 통계를 제시하면 신뢰성을 높일 수 있으며, 정량 정보를 제공하는 효과도 있다. 현상을 분석하고 파악할 때 가장 먼저 하는 작업이 통계와 데이터 분석이다.

문제 제기는 당사자 혹은 권위자의 멘트를 인용하는 것이 일반적이다. 현상을 객관적으로 서술하면서 독자의 문제의식을 이끌어 낸 다음, 전문가 견해를 덧붙이는 방식이 널리 활용된다.

기자가 직접 "이것이 문제다"라고 강하게 서술하는 건

지양해야 한다. 기자는 객관적 시각을 견지해야 한다. 주관이 개입하면 '어항에 손을 집어넣는' 꼴이 된다. 관상용 물고기가 예쁘다고 손을 넣어 만지면 물고기는 죽고 수족관도 망가진다. 기자는 당사자가 아니다. 중립적인 관찰자 입장에서 행동해야 한다는 점을 잊지 말아야 한다.

대안을 제시하는 단락에서는 상황과 문제점을 요약해 서술하고, 해결방안을 적시하면 된다. 완벽한 해결책을 내야 한다는 부담을 가질 필요는 없다. 문제 해결을 촉구하는 선에서 마무리해도 된다. 클로징 멘트도 기자가 아닌 전문가·권위자, 또는 국민 목소리를 인용하는 것이 원칙이다. 기자는 정확한 사실과 전문가 의견을 전달하는 데 충실하면 족하다. 조금 들여다봤다고 전문가 행세를 하는 건 위험한 행동이다.

[단독] 21개 로스쿨 5년간 적자 총액 1,561억… 인하대 로스쿨 135억 적자 '1위'

전국 법학전문대학원(로스쿨)이 심각한 재정적자에 허덕이고 있는 것으로 나타났다. 최근 5년간(2017~2021년) 각 로스쿨의 재정적자는 평균 74억 원에 달했으며, 21개 로스쿨의 누적적자 총액은 1,561억여 원으로 집계됐다. 최근 5년 사이 흑자를 낸 로스쿨이 단 한 곳도 나오지 않아, 로스쿨 재정적자 문제는 시간이 지날수록 더 악화되고 있는 것으로 드러났다. 이에 일본처럼 자 립 능력을 상실한 로스쿨을 통폐합하는 등 적극적인 구조조정에 나서야 필요가 있다는 주장이 나온다.

● **로스쿨 재정적자 5개년 평균 75억 '심각'… 흑자 낸 곳 한 군데도 없어**

국회 교육위원회 소속 권은희 국민의힘 의원이 최근 교육부로부터 제출받은 21개 로스쿨 현황 자료에 따르면, 각 로스쿨은 지난 5년간 재정적자가 평균 74억여 원에 이르는 것으로 조사됐다. 산술적으로 매년 15억여 원의 적자가 발생한 셈이다. 고려대, 연세대, 이화여대, 영남대 로스쿨은 자료를 제출하지 않았다.

법학전문대학원의 재정적자 현황(5개년)

학교명	등록금 총액	장학금 지급액	교원 인건비	적자규모	장학금 제외 시
강원대	62억 7600만 원	26억 4400만 원	120억 5600만 원	-84억 2400만 원	-57억 8000만 원
경북대	190억 400만 원	59억 9800만 원	204억 4300만 원	-14억 3700만 원	-14억 3900만 원
경희대	163억 6200만 원	56억 4500만 원	183억 6900만 원	-76억 5200만 원	-20억 700만 원
동아대	202억 8400만 원	63억 2600만 원	188억 7100만 원	-49억 1300만 원	14억 1400만 원
부산대	181억 9800만 원	77억 2800만 원	198억 9100만 원	-94억 2100만 원	-16억 9300만 원
서강대	98억 2800만 원	30억 4100만 원	115억 5600만 원	-47억 6900만 원	-17억 2800만 원
서울대	314억 2400만 원	114억 8800만 원	331억 2200만 원	-131억 8600만 원	-16억 9800만 원
서울시립대	75억 1600만 원	37억 2000만 원	146억 3300만 원	-108억 3700만 원	-71억 1700만 원
아주대	135억 900만 원	42억 6900만 원	149억 4300만 원	-57억 3400만 원	-14억 3400만 원
원광대	150억 4100만 원	48억 8500만 원	141억 300만 원	-39억 4700만 원	9억 3800만원
전북대	126억 8900만 원	39억 6500만 원	177억 5000만 원	-90억 2600만 원	-50억 6100만 원
제주대	63억 1400만 원	24억 1300만 원	123억 5800만 원	-65억 5700만 원	-60억 4400만 원
중앙대	136억 700만 원	45억 6500만 원	179억 5200만 원	-89억 1000만 원	-43억 4500만 원
충남대	151억 9300만 원	53억 9300만 원	138억 3100만 원	-40억 3100만 원	13억 6200만원
충북대	105억 1100만 원	32억 1800만 원	147억 2600만 원	-74억 3300만 원	-42억 1500만 원
한양대	260억 4100만 원	77억 9400만 원	241억 2400만 원	-58억 7700만 원	19억 1700만 원
건국대	95억 4800만 원	34억 5600만 원	126억 1100만 원	-65억 1900만 원	-30억 6300만 원
성균관대	359억 6000만 원	121억 8900만 원	278억 6800만 원	-40억 9700만 원	80억 9200만 원
인하대	127억 1800만 원	48억 500만 원	215억 1200만 원	-135억 9900만 원	-87억 9400만 원
전남대	190억 600만 원	62억 7400만 원	166억 9500만 원	-39억 6300만 원	23억 1100만 원
한국외국어대	125억 1800만 원	37억 7000만 원	168억 6100만 원	-81억 1300만 원	-43억 4300만 원

최근 5년간 누적 적자액이 가장 많은 곳은 인하대 로스쿨로 5년간 135억 9,900만 원의 적자를 본 것으로 조사됐다.

쉬운 기사 작성법

이어 △서울대가 131억 8,600만 원 △서울시립대가 108억 3,700 만 원 △부산대 94억 2,100만 원 △전북대 90억 2,600만 원으로 국 립·시립대학교 로스쿨이 적자 규모 상위권을 차지했다.

뒤이어 △중앙대 89억 1,000만 원 △제주대 84억 5,700만 원 △강 원대 84억 2,400만 원 △한국외대 81억 1,300만 원 △경희대 76억 5,200만 원 △경북대 74억 3,700만 원 △충북대 74억 3,300만 원 △ 건국대 65억 1,900만 원 △한양대 58억 7,700만 원 △아주대 57억 300만 원 △동아대 49억 1,300만 원 △서강대 47억 6,900만 원 △ 성균관대 40억 9,700만 원 △충남대 40억 3,100만 원 △전남대 39 억 6,300만 원 △원광대 39억 4,700만 원 순이었다.

인하대는 2014~2018년 조사 자료에서도 124억 9,739만 원의 적자를 기록해 가장 많은 손해를 본 것으로 나타났는데, 최근 자료에서도 누 적 적자액 1위라는 불명예를 안았다.

또 2014~2018년 자료에 따르면 서울대는 46억 5,885만 원, 부산대는 103억 9,909만 원, 전남대는 8억 2,517만 원의 흑자를 본 것으로 나타 났으나 이번에는 흑자를 낸 곳이 단 한 군데도 없었다. 이에 개원 13년 차를 맞은 로스쿨이 만성적자의 늪에 빠진 것 아니냐는 우려의 목소리 가 나온다.

다만 '장학금 지급액'을 제외했을 경우에는 △성균관대 80억 9,200만 원 △전남대 23억 1,100만 원 △한양대 19억 1,700만 원 △동아대 14 억 1,400만 원 △충남대 13억 6,200만 원 △원광대 9억 3,800만 원 의 흑자를 기록한 것으로 나타났다.

● 주요 원인은 '교원 인건비'… 일부 로스쿨, 등록금 수입의 2배

로스쿨 만성적자의 가장 큰 원인은 '교원 인건비' 지출인 것으로 분석됐다. 실제 대부분의 로스쿨에서 등록금 수입보다 교원 인건비 지출이 훨씬 높게 나타났다. 특히 적자 규모 상위권을 차지한 인하대와 서울시립대를 포함해 강원대, 제주대는 교원 인건비 지출이 등록금 수입의 2배였다.

등록금의 30%를 장학금으로 지급하도록 한 의무 규정을 제외한 '등록금 대비 순수 교원 인건비'를 고려했을 때 가장 큰 적자폭을 기록한 학교 역시 인하대로 87억 9,400만 원의 순손실이 났다. 이어 서울시립대(-71억 1,700만 원), 제주대(-60억 4,400만 원), 강원대(-57억 8,000만 원), 전북대(-50억 6,100만 원) 순이었다.

국공립 대학 로스쿨의 적자폭이 상대적으로 높은 배경에는 등록금 자체가 사립대에 비해 저렴한 점이 작용한 것으로 알려졌다.

한 지방 사립대 로스쿨 교수는 "정부의 로스쿨 설치·인가 기준 자체가 너무 높다"며 "정부의 과도한 교원 확보 요구(학생 12명, 교수 1명)와 등록금 수입의 30% 이상을 장학금으로 편성하도록 하는 규정 등으로 인해 누적 적자가 늘어나는 상황"이라고 설명했다.

또 다른 교수는 "각 로스쿨이 교육부에 신청한 학생 정원에 맞춰 교수를 초기에 임용했는데 실제 배정된 학생 수가 그만큼 미치지 못하면서 학생 대비 교원 수가 과도해진 측면이 없지 않다"며 "판사, 검사, 변호사 등 실무 경험이 있는 사람들을 교원으로 채용할 때에는 근무 당시

쉬운 기사 작성법

급여를 고려하다 보니 인건비가 높아졌다"고 말했다.

법학전문대학원협의회 측은 "로스쿨 설치 인가 기준이 고비용 구조"라며 "예를 들어 정원이 40명이라도 법정 교원 확보는 20명 이상 유지해야 하고, 장학금 지급 비율을 등록금 대비 30% 이상으로 유지하는 것 또한 적자의 주요 원인"이라고 지적했다.

● 결원보충제 등 미봉책으로는 한계… "고강도 자구방안 필요"

로스쿨 측은 교원 확보율 등에 관한 규정을 완화하거나 교육부에서 재정 지원에 나서야 한다고 주장하고 있다. 특히 결원보충제 연장 여부를 앞두고, 이를 추가로 연장하거나 아예 법제화해 달라고 요구하고 나섰다.

결원보충제도는 제적이나 자퇴 등의 사유로 로스쿨에 결원이 발생한 경우 다음 해 입시에서 빠져나간 인원만큼 정원 외 입학을 허용하는 제도다. 로스쿨 인가 과정에서 법학관 신축, 교원 증원 등의 사유로 비용을 과다 지출했다는 점을 고려해 한시적으로 도입됐다. 하지만 로스쿨 측이 재정난을 이유로 추가 연장을 계속 요구해 지난 10년간 3차례 연장됐다.

하지만 이 같은 '언 발에 오줌 누기 식' 미봉책이 오히려 로스쿨의 자립 능력을 떨어뜨리고 있다는 반론이 거세다. 로스쿨이 도입된 지 13년이나 지났고, 한시적으로 도입된 시행령도 이미 3차례나 연장해 주었는데 재정난을 극복하지 못했다면, 이제는 보다 근본적인 해결책을 내놓을 때라는 취지다.

일본 문부과학성은 2015년부터 입학자 경쟁 비율(수험자 수/합격자 수)이 2배 미만이며, 신사법시험(변호사시험에 해당) 합격률이 전국 평균의 절반을 밑도는 로스쿨에 대한 보조금을 감액 조치했다. 그 결과 한때 74개에 달했던 로스쿨의 절반가량이 폐교하거나 통폐합됐다.

박상수(변시 2회) 대한변협 부협회장은 "저출산 시대를 맞아 대학들도 적극적인 구조조정에 나서 있는 상황에서 막대한 적자를 내고 있는 로스쿨의 상황을 그대로 방관해서는 안 된다"며 "로스쿨의 부실 재정은 '교육의 부실'로 이어질 가능성이 매우 높다"고 지적했다.

이어 "로스쿨을 4년제로 개편하여 수지 개선과 교육의 충실성을 모두 높이는 방안을 고민할 필요가 있다"며 "관계 부처들이 로스쿨 운영의 합리화를 위한 대안을 적극 모색해야 할 때"라고 말했다.

한편 결원보충제는 로스쿨 편입학 제도를 형해화시키는 원인으로도 지목된다. 법학전문대학원 설치 및 운영에 관한 법률(법학전문대학원법)에 따르면 로스쿨은 학칙에 따라 원칙적으로 편입학이 허용된다(법 제25조). 하지만 국내 로스쿨이 결원보충제를 통해 정원을 꾸역꾸역 유지하면서 편입학 제도는 시도조차 못하고 있다. 편입학 제도가 시행되면 원하는 로스쿨에 가기 위해 무리하게 재수·반수를 반복하는 현상이 줄어들어 로스쿨 입시에 투하되는 사회적 비용도 아낄 수 있다.

(후략)

- 『법조신문』 2022.09.08., 남가언 기자

쉬운 기사 작성법

이 기사는 전국 로스쿨의 적자 규모가 심각한 수준에 이르렀다는 내용을 담고 있다. 구조는 다음과 같다.

① 현상 → 전국 로스쿨의 재정적자가 1,500억을 넘었다.
② 문제 분석 → 교원 인건비가 주요 원인이다.
③ 대안 제시 → 결원보충제 폐지 등 자구책이 필요하다.

세 단락으로 구성됐는데, 현상을 제시하고 문제를 분석한 다음 대안을 내놓는 틀을 유지하고 있다. 첫 번째 단락은 국회에서 확보한 통계를 담았다. 내용은 5년간 국내 로스쿨의 재정적자 현황이다. 두 번째 단락에서는 원인을 분석했다. 분석 결과 '교원 인건비' 부담이 가장 큰 것으로 나타났다. 세 번째 단락에서는 재정을 개선할 수 있는 방안을 제시했다.

통계는 출처를 밝혀야 한다. 출처는 공신력과 맞닿아 있다. 통계 데이터를 얻는 가장 기본적인 루트는 통계청 홈페이지, 정부와 기관 홈페이지, 학계의 발표내용, 논문, 출입처 내부 자료, 자체 수집 등이다. 비공개 통계의 경우 국회를 통해 우회적으로 확보하는 방법도 있다. 국정감사 기간에는 의원들이 소관 부처에 자료 문의를 하는데, 이 과정에서 많은 정보가 언론사에 넘어간다.

해설기사는 특정 현상을 설명하고 분석하는 데 무게중심이 실린다. 기획기사에 비해 목적 지향성이 다소 약하다.

해설기사는 현상 자체에 주목한다. 시비곡직을 따지기도 하지만 이는 합리적 분석에 따른 자연스러운 결론이어야 한다. 해설기사는 가치판단이 개입되지 않은 상태에서, 여러 요소를 객관적으로 분석하여 결론을 얻는 학술적 경향이 강하다. 기사이지만 보고서나 소논문에 가까운 형태를 띠기도 한다. 독자 입장에서는 해설기사를 통해 사태를 더 깊게 살펴볼 수 있다. 기사 옆에 '심층'이라는 단어가 있으면 해설기사의 특성이 반영된 것이다.

기사 분량은 매체별로 다르다. 신문 판형은 크게 ▲대판(『조선일보』) ▲베를리너판(『중앙일보』) ▲타블로이드판(『법조신문』)으로 구분된다. 판형에 따라 한 면에 들어가는 글자 수가 다르다. 간단한 발생기사의 경우 4~5문단, 1,000자 안팎(200자 원고지 5매)으로 작성한다. 인터넷 기사는 글자 수에 크게 영향받지 않지만, 장황하게 쓰면 가독성이 떨어질 수 있으니 유념해야 한다. 기획기사는 기사 내용을 고려해 4,000~10,000자까지 작성한다. 더 많다면 시리즈(연재물)로 작성하기도 한다.

쉬운 기사 작성법

12. 단락의 내용은 어떻게 채우나요?

기사의 각 문단은 통계와 멘트, 사실과 분석 내용으로 채운다.

대법원에서 발표하는 사법연감이나 정부에서 발간하는 각종 보고서는 정보의 보고(寶庫)다. 여러 통계와 데이터가 충실하게 담겨 있다. 마땅한 자료를 찾지 못하면 자체 설문 및 전수조사를 통해 유의미한 통계를 마련할 수도 있다. 다만 이 경우에는 평균의 함정에 빠지지 않도록 주의해야 한다.

한번은 대형 로펌에 입사하는 신입 변호사들을 전수조사한 적이 있다. 국내 10대 로펌 입사자의 나이와 성별, 전공, 출신 학부 정보를 모아 통계를 내니 '서울대 상경계열 출신 29세 남성'이라는 표본이 추출됐다. 기사는 잘 읽혔지만, 이런 방식으로 스탠더드 모델을 설정하는 게 무슨 의미가 있느냐는 비판을 받았다. 예비 법조인들의 학벌 경쟁을 부추기고 표본 모델이 고정관념으로 고

착화되는 등 부작용만 키울 수 있다는 지적이었다. 듣고 보니 표준 모델과 거리가 먼 입사자들도 꽤 많았다. 타당한 의견이라고 생각해 그 뒤로는 그런 기사를 잘 쓰지 않았다.

통계청 사이트도 꽤 유용하다. 홈페이지에 웬만한 주요 통계가 잘 구비돼 있다. 색다른 통계가 필요하면 따로 요청해 받기도 한다. 나도 공정위 결정에 대한 처분 취소 소송 관련 통계가 필요해 문의했더니, 잘 정리된 답변을 받은 적 있다.

통계는 어떤 목적에서 인용하느냐 따라 의미가 크게 달라진다. 따라서 기사 의도에 맞춰 통계를 선별적으로 사용하는 행동은 피해야 한다. 그렇지 않으면 수치를 가장한 '새빨간 거짓말'이 된다.

통계가 없다면 현상을 대표하는 표본 사례를 입수하는 방법도 있다. 보통 취재원을 통해 마련하지만, 기자가 현장에서 직접 보고 들은 사례를 내세우는 것도 가능하다. 이러한 내러티브(narrative) 접근은 구체적인 상황과 묘사가 담긴다. 현상을 적나라하게 보여 주지만, 기자의 시선이 개입하므로 객관성이 떨어진다. 기자의 묘사는 주관이 개입할 수 있어 데이터에 비해 대표성과 설득력이

쉬운 기사 작성법

다소 약하다. 하지만 독자의 감성을 자극해 파급력과 휘발성을 대폭 높일 수 있다.

문제 제기 단락에서는 권위자 목소리가 필수적이다. 교수·전문직 등 공신력 있는 사람의 분석과 의견을 담는 것이 좋다. 복수의 관계자 멘트를 수집해 많은 사람이 문제의식을 공유하고 있다는 점을 어필해야 한다. 취재가 충실하지 않으면 오류를 범할 수 있다. 기자가 섣부른 예단과 평가를 드러내는 건 금물이다. 정확한 분석과 대안을 제시할 수 있는 전문가 취재원을 확보하고 이들의 의견을 경청하는 게 최선이다.

"서울대 교수 10명을 뚫어 놨더니 취재가 쉬워지더라고."

친한 기자가 건넨 말이다. 권위 있는 취재원의 중요성을 강조하려던 취지로 기억한다. 다만 '진짜배기' 고수 중에는 언론을 경계하고 꺼리는 사람들이 많다. 이름을 알리기 위해 여기저기 기웃거리는 사람들과 달리 이들은 곁불을 쬘 이유가 없다. 업계에서 입지를 탄탄하게 다진데다, 세간의 입길에 오르내리는 걸 부담스러워 하기 때문이다. 이들은 접근성이 낮은 편이지만 한번 의견을 주면 하나같이 주옥같은 멘트를 건넨다. 이런 취재원을 가진 기자는 큰 복을 누리는 셈이다.

한번은 어떤 기사의 전문가 멘트가 굉장히 인상적이었다. 하지만 익명이어서 누군지 알 길이 없었다. 선배에게 물었더니 쓱 보고 "이 정도면 헌법재판소 연구관 출신일 거야, ×××가 줬겠네"라고 지나가듯 말했다. 나중에 확인해 보니 선배가 언급한 사람이 멘트를 준 게 맞았다. 그다음부터는 나도 익명 코멘트를 보고 누가 했을지 짐작하는 버릇이 생겼다. 추측이 맞았을 때는 "실력이 조금 늘었다"며 내심 기뻐하기도 했다. 기사 퀄리티는 어떤 전문가의 말을 인용하느냐에 따라 달라진다.

현상 분석은 입체적이어야 한다. 얄팍하게 건드리면 안 된다. 개괄적인 설명과 구체적인 분석을 섞어 상하좌우로 꼼꼼하게 흔들어 줘야 한다. 설명은 초등학교 고학년도 이해할 수 있도록 쉽게 쓰는 게 원칙이다. 감정 개입은 절제하고 건조하게 서술하되, 비판과 평가는 권위자나 당사자의 멘트를 통해 하는 게 좋다. '사실 → 멘트', '멘트 → 사실'이 기본적인 구성이다. 설명이 길어지면 통계 등 객관적 자료를 뒷받침한다.

쉬운 기사 작성법

속도감 있게 전개할지, 무겁지만 깊이 있게 다룰지는 기자 재량이다. 사안에 따라 적절히 판단하면 된다. 멘트는 압축적으로 담는 게 좋다. 길게 부연하는 것은 지양한다. 특정 사안과 관련해 전문가들과 통화하면 길게는 몇 시간 동안 이야기를 들을 때가 있다. 많은 내용을 들었다고 욕심을 내면 안 된다. 사실과 관련한 내용은 객관적 서술로 바꾸어 기사에 녹이고, 핵심 주장만 요약해서 쿼테이션을 달아 처리한다.

대안(결론) 단락은 현상과 문제점을 종합해 솔루션을 제시하는 것이 정석이다. 기자가 완벽한 해결책을 내놓기는 어렵다. 대부분 "해결책을 모색해야 한다"와 같이 문제 해결을 촉구하는 선에서 마무리 짓는 경우가 많다. 하지만 기사 품질을 높이기 위해 최대한 합리적인 대안에 접근하려는 노력을 게을리해서는 안 된다.

쉬운 기사 작성법

13. 판결문은 어떻게 읽나요?

"법대도 안 나온 내가 왜 판결문 내용까지 알아야
돼?"

산업부에 있다 법조로 자리를 옮긴 C기자가 깊은 한숨
을 내쉬었다. 그의 책상 위에는 암호문 같은 두툼한 판결
서가 놓여 있었다. 몇 번 자료를 뒤적이던 C기자는 판결
문 독해를 포기하고 남들이 쓴 기사를 적당히 '우라카이
(베끼기)'하기 시작했다.

법학을 배우지 않은 기자들은 처음 판결문을 접할 때
당혹스러워 한다. 전문용어와 난해한 구조 때문에 어떻
게 읽고, 기사를 써야 하는지 막막해한다. 그나마 쉬운 판
결이면 다행이지만, 복잡한 사건은 들춰 볼 엄두조차 나
지 않는다. 선배 기자들이 가르쳐 주기는 하지만 체질에
안 맞으면 고역이다. 결국 공보관이 알려 주는 대로 받아
쓰거나, 통신사나 일간지 기사를 슬쩍 베끼기도 한다.

그러나 C기자와 같이 생각하는 사람은 법이 특수한 사람만 다루는 영역이라는 고정관념부터 버려야 한다. 현대 국가는 법치주의를 표방한다. 누가 봐도 법치와 거리가 먼 독재 국가조차 표면적으로는 법치를 내세운다. 정부 행정이 법령에 의해 움직이고, 일상생활은 규범에 따라 통제된다. 국민의 대표는 법으로 선출되며, 임기도 법에 정해져 있다. 법은 너와 나의 약속이자, 누구나 지켜야 하는 사회적 합의다.

따라서 법은 시민의 필수 교양이다. 누구든지 법을 알고 쉽게 접근할 수 있어야 한다. 사법부와 검찰을 비롯한 법조계와, 복잡한 법령 및 법률용어가 다소 불친절하더라도 어쩔 수 없다. 스스로 배우고 숙지해야 한다. 법은 '권리 위에 잠자는 자'를 보호하지 않는다. 내 권리를 지키며 정글 같은 사회에서 살아남기 위해서라도 법을 공부해야 한다.

나는 법학을 전공했다. 입학 후 첫 학기에 헌법 과목을 수강했는데, 교수님이 헌법을 한자로 두 번씩 써 오라는 과제를 내주었다. 유쾌한 숙제는 아니었지만, 돌이켜 보니 훌륭한 교육이었다. 일단 130개 조항을 베끼며 기초적인 법률용어와 한자에 익숙해졌다. 한자 말이 수두룩

한 법전이 더 이상 두렵지 않았다. 법률용어가 반복적으로 나오기 때문에 쓸 수는 없어도 읽을 수 있는 수준으로 한문 실력이 올라갔다.

두 번째로 헌법에 투영된 가치가 삶에 깊숙이 들어왔다. 헌법을 배운 뒤 어떤 사안을 바라볼 때 '기본권'을 중심에 두고 판단하는 습관이 생겼다. 기자에게는 기본권 의식이 대단히 중요하다. 기자도 국민을 섬기는 직업이다. 기삿거리를 찾거나 사회 현상을 바라볼 때 국민의 권익이 보호받고 있는가, 그렇지 않은가는 중요한 판단 요소다. 이럴 때 기자에게 헌법정신이 자리 잡고 있으면 사

안을 분석하기 훨씬 수월하다. 아쉽게도 우리나라는 청소년과 시민을 위한 법 교육이 부족한 편이다. 기자들도 법조에 출입하면서 처음 법을 접하는 사례가 많다. 여담이지만, 앞으로는 일반 시민을 위한 법률 저변을 더 넓혀야 한다. 고등학교에서도 헌법과 기본적인 법률상식은 필수로 가르칠 필요가 있다.

언론도 법조를 중시한다. 갈등과 분쟁이 늘어날수록 법원이 할 일은 많아진다. 사회 의제에 대한 최종 판단이 사법부에서 나오는 만큼, 법원 판결에 따라 정책을 매조짓는 경우가 늘었다. 기자들은 핵심 거점 지역으로 광화문, 여의도, 서초동을 꼽는다. 광화문은 청와대와 정부청사를, 여의도는 국회를, 서초동은 법원과 검찰을 각각 상징한다. 대통령실이 용산으로 이전한 지금은 용산, 여의도, 서초동으로 부른다.

법조 출입처는 법원과 검찰이 중심에 있고, 외곽에 변호사단체·로펌들과 학계 등이 놓인다. 법원 취재는 다시 재판(공판)기사와 판결기사, 사법행정 기사로 구분된다. 법정에 직접 들어가 참관하면서 작성하는 기사가 재판기사다. 재판기사는 당사자 출석부터 재판 과정에서의 공박 내용을 모두 소재로 삼는다. 주요 일간지 지면에서 거의 빠지지 않고 등장하는 것이 정치인과 기업인들의 법원 출석 사진이다. 사회 저명인사나 공인이 송사를 겪으면 이렇게 스포트라이트를 받게 된다. 물론 당사자에게는 기분 좋은 일이 아니다.

우리나라는 공개재판주의를 취한다. 특별한 경우가 아니면 법정에서 직접 취재할 수 있다. 방청석에 앉은 기자는 재판 진행 상황을 메모한 뒤 밖에 있는 동료나 데스크에 전송한다. 재판부나 검사, 변호인의 워딩을 빠르고 정확히 받아 적는 일은 쉽지 않다. 각 언론사 기자들이 돌아가면서 워딩을 작성하고 이를 출입기자단 내에 공유하는 방식이 활용된다. 워딩이나 공지사항을 공유하는 것을 실무에서는 "풀(pool)한다"라고 표현한다.

법원 기사 중 가장 많은 양을 차지하는 판결기사는 판결서(문)를 토대로 작성한다. 판결문은 각급 법원 공보관실에서 공람하거나 따로 요청해 확보한다. 대법원 홈페이지에 올라온 전국법원 주요 판결을 참고하기도 한다. 판결문은 비실명화 과정을 거쳐 기자에게 전달되며, 성범죄 등 2차 피해가 우려되는 경우에는 공개하지 않는다. 판결 내용이 길고 복잡한 데다 개인 정보가 너무 많다면, 법원에서 핵심 내용만 담은 설명문으로 대체하기도 한다. 기자가 취재원에게(주로 당사자) 판결문 원본을 받는 경우도 많은데, 이때는 개인 정보 등 민감한 내용이 그대로 적혀 있으므로 유출에 유의해야 한다. 자칫 신상이 노출되면 법정 공방을 피할 수 없다.

판결서 첫 페이지에는 먼저 선고 법원과 사건번호, 당사자, 대리인, 선고일 등이 제시되고 그다음 결론에 해당하는 '주문'이 나온다. 속보 경쟁이 치열한 요즘에는 주요 판결이 선고되면 사건 결과만 확인하고 결론부터 인터넷에 띄우기도 한다. 이렇게 내용 없이 속보를 띄우는 이유는 추후 포털 사이트에서 상위검색 노출을 선점하기 위한 목적이다.

민사 판결문 예시

민사판결에서는 '주문' 다음에 '청구취지'와 '이유'가 순서대로 나온다. 청구취지는 원고가 재판부에 이렇게 판단해 달라고 요청한 내용이다. 간혹 청구취지와 주문을 헷갈리는 기자가 있는데, 완전히 다른 내용이므로 주의할 필요가 있다. 판결 '주문'의 근거는 '이유'에 설명되어 있다. 형사판결문은 '이유'에서 범죄사실이 특정되고, 양형 사유가 나온다. 판결기사 품질은 판결서의 '이유'를 얼마나 가독성 있고 짜임새 있게 구성하느냐에 따라 달라진다. 따라서 법률용어와 소송구조에 대한 기본 지식은 필수다. 재판 절차에 대해 보다 자세하게 알고 싶다면 강인철 전 부장판사가 낸 『재판의 이해』(2021)를 읽어 볼 것을 권한다.

판결기사도 형식이 있다. 판결 요지를 요약한 리드가 먼저 나오고 재판부, 판결서 내용, 사실관계 요약 순으로 정리해 작성한다.

[판결] "'강남언니·바비톡' 등 성형정보 앱, 허위 후기 삭제 의무 있어"

'강남언니'와 '바비톡' 등 성형수술 관련 정보를 제공하는 애플리케이션(앱)은 허위로 작성된 후기를 삭제할 의무가 있다는 판결이 나왔다.

☞ 판결문 요지를 독자들이 이해하기 쉽게 정리해 작성한다. 스트레이트 기사와 동일하게 머리글만 읽어도 전체 취지를 알 수 있도록 구성한다.

서울중앙지법 민사51부(재판장 전보성 부장판사)는 성형외과 원장 A씨가 성형정보 앱 운영사 B를 상대로 낸 명예훼손 등 금지소송(2022카합21688)에서 "B회사는 앱에서 A씨 병원에 대한 허위 후기를 삭제하라"며 최근 원고일부 승소판결했다.

☞ '재판부 → 소송 당사자 → 청구원인(사건번호) → 판결 주문' 순으로 작성한다. 소송 당사자가 대기업이나 공인인 경우 실명·상호를 밝히기도 한다.

재판부는 "B 회사로서는 A씨가 최초로 게시 중단을 요청할 때 게시물의 내용이 허위인지 명확히 인식하기 어려웠을 여지가 있다"면서도 "소송이 어느 정도 진행된 단계에서는 A씨 병원에 대한 게시물 내용이 허위임을 명백히 인식할 수 있었다"고 설명했다.

이어 "B회사가 허위 내용의 게시물에 대해서 관리 및 통제를 하지 않아 A씨는 명예권 등 인격권을 침해받았다"며 "A씨 등에게는 B회사를 상대로 게시물의 삭제를 구할 피보전권리와 보전의 필요성이 소명된다"고 판시했다.

그러면서 "B회사는 정보통신망법에 따른 임시조치를 다해 해당 게시물에 대한 삭제 의무가 없다고 주장하지만, 실제로 게시물의 접근을 차단하는 등 임시조치를 취했는지 불분명하다"며 "설령 필요한 임시

쉬운 기사 작성법

조치를 했다 하더라도 현재 A씨의 인격권을 침해하고 있는 게시물에 관한 침해배제 책임까지 면한다고 보기는 어렵다"고 덧붙였다.

☞ **판결서에서 핵심 내용을 논리적 흐름에 맞게 정리해 작성한다. 판결서 구성이나 문장이 엉망인 경우도 있다. 이때는 판결 취지를 훼손하지 않는 상태에서 윤문을 해야 한다.**

A씨는 지난해 10월 19일 성형외과 개원을 위해 의료기관 개설신고를 했다. 그런데 신고 3일 뒤 B회사가 운영하는 성형후기 공유 앱에 "A씨 병원에서 눈 수술을 받고 우울증이 생길 정도로 부작용을 겪고 있다"는 내용의 게시물이 올라왔다. 그러나 후기와 달리 해당 기간 A씨 병원에서는 눈 부위와 관련된 성형수술이 이뤄지지 않은 것으로 조사됐다. 이에 A씨는 지난해 11월 B 회사에 허위 후기를 내려줄 것을 요청했지만, B회사가 이를 들어주지 않자 소송을 냈다.

☞ **사실관계 요약은 간략하게 하는 것이 원칙이다.**

재판에서 승소한 소송대리인을 기사에 넣기도 한다. 승소 대리인이 나와 있으면 변호사에 대한 홍보 효과도 있다. 사건번호를 적기도 하는데 이유는 국민과 법조인들이 유사한 사건을 맞닥뜨렸을 때 참고하라는 취지다. 선고날짜와 병합 여부는 생략해도 된다.

판결기사도 '대전제-소전제-결론'이라는 논증 구조에

따라 작성하는 것이 좋다. 이것은 법학을 공부하는 방법론과 일치한다. 대전제는 '법령 및 계약 내용'이며 소전제는 '당사자의 행위'다. 결론은 법원의 판단이다. 조문에 따라 당사자의 행위가 포섭됐는지 확인하고 재판부의 결정 내용을 확인한 다음, 그 순서대로 기사를 작성하면 깔끔하게 읽힌다.

> ## "여름철 군인들 '땀 뻘뻘' 이유 있었네"… 법원, 불량 운동복 납품업체 입찰 제한 '정당'
>
> (전략)
>
> 재판부는 "(방사청의) 구매요구서는 운동복은 착용 시 품위유지 및 위생성, 활동 기능성 저하가 나타나지 않게 품질관리를 철저히 하여 생산하도록 정하고 있다"며 "만일 제조 공정에서 원단 성능이 변형될 수 있고, 제조·납품업자가 그러한 변형에 책임지지 않는다면 구매계약에서 원단의 품질기준을 따로 정하는 것은 아무런 의미가 없어진다"고 설명했다.
>
> 이어 "A법인은 운동복의 제조·납품자로서 그 물성을 변화시키지 않는 범위에서 운동복을 제조하여 납품할 책임이 있다"며 "물성 변화가 불가피하더라도 구매요구서에서 정한 원단의 품질기준 등급을 벗어날 정도에 이르게 해서는 안 된다"고 판단했다.
>
> 그러면서 "방사청의 제재 처분이 부당하거나 현저히 불합리하다고 보

쉬운 기사 작성법

기 어렵다"며 "A법인은 당분간 공공기관 입찰에 참여할 수 없는 불이익을 입지만 제재처분으로 달성하려는 공익이 A법인이 입게 될 불이익보다 크다"고 판시했다.

- 『법조신문』 2023.07.17.

이 기사는 방사청이 계약에 따른 품질보장 약속을 지키지 않은 군납업체에 입찰 제한 처분을 하자, 군납업체 측이 법원에 방사청 처분을 취소해 달라며 낸 소송 결과를 다뤘다. 판결 내용은 ① 계약서 내용 ② A법인의 행위 ③ 재판부 판단이라는 '대전제-소전제-결론' 형식을 따라 정리했다.

판결문 중에는 두서없이 적혀 있거나, 내용이 불충분한 것도 있다. 하지만 개떡같이 말해도 찰떡같이 알아들어야 한다. 불친절한 판결문을 접하더라도 독자들을 위해 알기 쉽게 작성할 필요가 있다.

나아가 법원은 판결문 공개 범위를 넓혀야 한다. 현재 우리나라의 하급심 판결 공개율은 1~2%밖에 되지 않는다. 이토록 판결문 공개에 인색한 나라가 또 있을까.

공개를 꺼리는 데는 여러 가지 이유가 있을 것이다. 특별히 판결문을 전면 공개하면 비평의 대상이 될 수 있다는 두려움도 있다고 본다. 국어학자들은 문장과 문법을 비판할 것이고, 법학자들은 법리적인 문제점을 조목조목 지적할 것이다. 국민들은 판결서의 불친절함을 토로할지도 모른다. 하지만 법원도 이러한 두려움을 극복할 필요가 있다. 성범죄 등 피해자 보호를 위한 특수한 사례가 아니면 되도록 널리 알려, 생활 법치가 뿌리내릴 수 있도록 해야 한다. 판결문이 널리 읽혀야 법이 국민 속으로 더 깊숙이 들어올 것이다. 이것이 생활 법치의 시작이다.

쉬운 기사 작성법

14. 인터뷰 기사의 핵심은 '터닝 포인트' 찾기

"아이고, 내 이야기를 엮으면 아마 소설 한 권 나올 걸?"

취재 과정에서 만난 시골 촌로(村老)가 말했다. 구순이 넘은 나이였다. 눈 밑 주름에는 고단했던 세월의 흔적이 배어 있었다. 일제강점기에 태어나 한국전쟁을 겪고 산업화와 민주화의 격변을 지나왔다. 함께 논두렁에 옹송그리고 앉아 미숫가루를 마시며 옛이야기를 들었다. 해방 이후 분위기는 어땠는지, 한국전쟁 당시 마을에는 무슨 일이 벌어졌는지 등등 날것의 역사가 그의 입에서 흘러나왔다. 이것이야말로 살아 있는 민중의 역사다. 이분에게 들은 이야기 중 일부는 내가 쓴 단편소설의 내용으로 각색돼 새로운 생명을 얻었다.

나는 인터뷰 기사를 좋아한다. 읽는 것도 좋고, 쓰는 것도 좋다. 다른 사람 이야기를 듣다 보면 귀한 원석을

줍는 기분이다. 누구나 자신만의 스토리가 있다. 세상은 하나의 거대한 이야기다. 이런 작은 내러티브가 모여 세계를 떠받친다. 인터뷰어는 이러한 사실을 뽑아내 글로 엮는 이야기꾼이다. 하지만 구슬이 서 말이어도 꿰어야 보배다. 구순 노인 말처럼 '소설 한 권'에 해당하는 스토리가 있어도 이음매가 없으면 땅속에 묻힌다. 잘 듣고, 잘 써야 한다. 인터뷰 기사 준비는 다음과 같은 세 단계를 거친다.

1단계 - '누구를 인터뷰할 것인가'
2단계 - '무엇을 물어볼 것인가'
3단계 - '어떻게 구성(배치)할 것인가'

제일 먼저 수행해야 하는 일은 인물 선정이다. 대상을 물색하기 앞서 "왜 그 사람 인터뷰가 필요한가"라는 질문에 스스로 답해야 한다. 자기 설득과정을 거치지 않으면 맹물 인터뷰로 끝날 가능성이 높다. "데스크가 시켜서", 혹은 "유명하니까"와 같은 접근 방법은 피해야 한다.

인터뷰 대상은 이슈의 '꼭짓점'에서 찾는 게 좋다. 강줄기마다 삐죽삐죽 튀어나오거나 꺾이는 꼭짓점이 있다.

사회도 마찬가지다. 현상을 대표하거나, 특정 이슈와 충돌하는 사람이 꼭짓점에 놓인다. 국내 우주로켓 개발을 주도한 과학자, 노동 규제에 정면으로 반발하는 활동가, 선거에 당선한 정치인 모두가 현상을 대표하거나, 충돌하는 지점에 서 있다.

"평범한 사람은 이야깃거리가 안 되나요?"

이야기가 된다. 오히려 더 맛깔난 기사가 나올 수 있다. 하지만 시사 이슈를 우선하는 뉴스의 속성상 다룰 기회가 적을 뿐이다. 법률 전문지 기자로 지내면서 무명의 청년 변호사들을 인터뷰할 때가 가장 흥미로웠다. 매체를 몇 군데 옮기면서도, 빠지지 않고 청년 변호사를 조명하는 코너를 만들었다. 이유는 하나다. 부러 자신을 포장하지 않는 질박함과 거짓 없는 내러티브가 좋았기 때문이다. 고려청자 같은 화려함은 없어도 조선백자처럼 담백한 풍모가 있다. 허장성세와 거품이 적어 글도 깔끔하게 나온다. 겉만 번지르르한 허풍쟁이, 이슈메이커들과 다른 모습이다.

방송이나 SNS에 자주 얼굴을 내비치는 사람 중에는 내실이 적은 사람이 많다. 대단한 전문가인 척 자신을 포장하지만 실제로는 '한자리' 꿈꾸며 개인 홍보에 열심인 게 전부다. 이런 사람을 거르는 방법이 있다. 전문 분야가 아닌데, 약방의 감초처럼 등장해 온갖 말을 쏟아내면 속 빈 강정일 확률이 높다. 이런 사람은 섭외하기 쉽지만 실속이 없다. 기자는 진짜와 가짜를 분별할 줄 알아야 한다. 멘트를 따거나 인터뷰를 해도 그럴 만한 가치가 있는 사람을 해야 한다. 그렇지 않으면 엉뚱한 사람을 사회 무대에 등판시킬 수 있다.

인터뷰는 사회 현상에 대한 의견을 듣는 현황 인터뷰와 인물 자체에 초점을 맞춘 인물 인터뷰로 나뉜다. 현황 인터뷰는 사회 현상이나 사건에 초점이 맞춰져 있다. 인터뷰 형식을 빌어 이슈의 막전막후를 조명한다. 비극적 사건의 당사자나 유족, 정책 제안자 등이 물망에 오른다. 선거 출마자나 당선자 인터뷰도 이 갈래에 포함된다. 여기서 인물은 사건에 부연한다. 사회 의제와 관련한 내용이 핵심이다. 개인에게 과도하게 무게중심을 둘 필요는 없다. 인터뷰 대상은 반드시 이슈와 연장선상에 놓여 있어야 한다. 질문지도 사안과 관련한 내용을 중심으로 구성한다.

쉬운 기사 작성법

그러나 인물 인터뷰는 색채가 다르다. 사건이 아닌 사람에 방점이 실려 있다. 인생 역정과 내력을 다룬다. 기자는 '말이 되는 사람', '스토리가 있는 사람'을 끊임없이 발굴해야 한다. 독특한 배경이나 커리어를 갖춘 사람도 선호대상이다. 독자의 시선을 끌 확률이 높다. 변호사인데 슈퍼모델을 하거나, 여공(女工) 출신으로 야간대학을 거쳐 사법시험에 합격한 사람이 여기 속한다. '가출팸' 과 어울릴 정도로 힘든 학창 시절을 보냈지만 불굴의 투지로 극복해 성공한 사람도 마찬가지다. 개중에는 흙 속의 진주 같은 사람이 있는가 하면, 허명(虛名) 가득한 사람도 있다. 보석 같은 인물을 찾아 등용할 기회를 마련해 주는 것도 언론 역할 중 하나다.

인터뷰 기사는 기뢰와 같다. 해양 지뢰로 불리는 기뢰는 수면 위를 둥둥 떠다니다 지나가던 선박 표면에 닿으면 폭발한다. 인물 인터뷰도 인터넷 공간에 떠 있다가 기회를 만나면 폭발해 발탁 인사의 계기가 된다. 사회는 좋은 재목을 언젠가는 알아본다. 나도 훌륭한 분들이 재야에 묻혀 있을 때 인터뷰 기사를 작성했는데, 때가 오자 이분들이 영전하는 것을 많이 목격했다. 인터뷰 기사를 소홀히 할 수 없는 이유 중 하나다.

기자는 자신이 주목받으려 해서는 안 된다. 다른 사람이 조명을 받을 수 있도록 도와야 한다. 돕는 역할에 충실해야지, 자기가 주인공인 양 여기저기 얼굴을 내밀면 보기 안 좋다.

인터뷰 질문을 작성할 때는 '터닝 포인트'에 집중해야 한다. 사르트르는 "인생은 B(birth)와 D(death) 사이에 있는 C(choice)"라고 했다. 삶은 선택의 연속이다. 그동안 내린 선택의 결과가 모여 현재 모습을 만들었다. 누군가에게 과거의 어느 시점으로 되돌아가고 싶냐고 물으면 대부분 '중요한 선택을 내리기 직전'을 선택한다. 여기가 변곡점이다. 인터뷰를 매끄럽게 완성하기 위해서는 이러한 변곡점을 찾아 부드럽게 이어야 한다. **인터뷰는 점과 점을 이어 선과 면을 만드는 작업이다.**

만일 법조인을 인터뷰한다면 '법률가가 되기로 마음먹은 계기', '전문분야를 선택한 계기', '커리어를 전환한 계기'가 여기 속한다. 질문을 통해 인터뷰 대상의 터닝 포인트를 포착할 수 있다. 막연하게 질문하면 곤란하다. 인터뷰가 한없이 늘어지고, 맥락이 흐트러질 수 있다. 이러한 상황을 피하기 위해서는 사전 질문지를 꼼꼼하게 작성하고 답변 분량도 제한하는 게 좋다.

가정사나 종교·정치 성향 등 민감한 내용은 우회 질문을 통해 자연스레 답할 수 있도록 배려한다. 인터뷰 대상에 대한 사전 취재와 조사는 필수다. 언론 보도와 기고문 등 관련 자료를 찾아보고 인터뷰 대상이 어떤 인물인지 분석한 뒤 질문지를 작성해야 한다. 실제 인터뷰를 진행하면서 상상했던 모습과 다른 지점을 찾아내는 것도 묘미다.

지양해야 하는 질문	우회 질문
선친의 직업은 무엇이었나요?	유년 시절 가장 기억에 남는 에피소드가 뭔가요?
종교가 어떻게 되시나요?	독거노인을 위한 배식봉사를 오랜 기간 하셨던데, 봉사활동을 시작한 계기가 궁금합니다.
현 정부에 대해 어떻게 생각하시나요?	최근 정부가 발표한 '탈원전 정책'에 대한 의견이 궁금합니다.

인터뷰의 중심은 기자가 아니라 인터뷰 대상이다. 그런데 가끔 기자와 인터뷰 대상이 현장에서 '기싸움'을 벌이기도 한다. 캐릭터가 강한 사람들이 마주할 때 이런 일이 왕왕 발생한다. 최악의 경우 인터뷰를 하다 기분이 나

쁘다며 자리를 박차고 일어나기도 한다. 여러 이유가 있겠지만 보통 기자 질문이 너무 공세적이라고 느껴질 때 불쾌감을 드러낸다. 기자는 제한된 시간에 많은 정보를 얻어야 한다. 따라서 질문의 가짓수도 많고, 어투도 딱딱할 수밖에 없다. 인터뷰에 익숙지 않으면 취조당하는 느낌이 들 수 있다.

따라서 인터뷰 대상을 존중하는 자세를 먼저 갖춰야 한다. 생각이 다르더라도 적대감을 드러내거나 이죽거리면 안 된다. 공손하게 말하고 신중하게 행동해야 한다. 기자가 먼저 상대를 배려해야 더 풍성하고 내밀한 정보를 얻을 수 있다. 마음의 문이 열려야 핵심적인 이야기가 나온다. 그렇지 않으면 변죽만 울리다 끝날 수 있다.

핵심은 공감이다. 인터뷰 대상의 말에 알맞게 반응하며 호응을 이끌어야 한다. 억지로 맞장구치고 비위를 맞추라는 말이 아니다. 상대의 감정과 논리에 집중하며 교감하라는 뜻이다. 인터뷰하는 순간만큼은 인터뷰 대상이 세상에서 가장 중요한 사람이며, 세상에 둘만 존재한다고 생각하면서 몰두해야 한다. 그러면 자연스레 공감대가 형성된다. 인터뷰 말미까지 인물에 대한 집중력을 잃지 말아야 한다.

인터뷰 기사의 화룡점정(畵龍點睛)은 구성과 배치다. 인물의 워딩을 풀어 윤문하고, 알맞게 배치한 다음 여러 번 퇴고하면서 완성도를 높여 나간다. 시간 순으로 이어 나갈지, 사건 순으로 배치할지는 취지와 내용에 따라 다르다.

워딩을 읽으면 인물이 무게중심을 두고 있는 지점이 선명해진다. 중요한 것은 비중 있게 서술하고, 별로 중요하지 않은 내용은 뒤로 물리거나 축약한다. 인터뷰 워딩을 전부 활용하겠다는 욕심도 버려야 한다. 채록한 워딩 중 절반 이상은 사용하지 않는다. 아까운 마음에 덕지덕지 붙여 놓으면 누더기가 된다. 퇴고의 기본은 줄이기다. 부단히 깎고 덜어내면서 쓸 만한 작품을 만들어 가야 한다.

인터뷰 대상의 말을 취사선택하거나 입맛에 맞게 가공해서도 안 된다. 인터뷰 내용을 자의적으로 편집하면 상대방이 뜻하지 않게 곤란을 겪게 될 수 있다. 언론인 양심에 맞게 기사를 써야 한다. 듣고 싶은 것만 듣고, 쓰고 싶은 것만 써서는 안 된다. 앞서 언급했듯이 인터뷰 기사는 인물을 다루기 때문에 상대에 대한 배려가 필수다. 원하는 답변이 나오지 않더라도 말한 사실 그대로 반영해야 한다. 섣불리 양념을 치다 "내가 했던 말은 그런 취지

가 아니었다"고 반박 당하면 큰 타격을 입는다. 상대의
말을 왜곡하는 사람은 기자 자격이 없다.

　인물 인터뷰 작성법을 요약하면 다음과 같다.

　**① 인터뷰 대상의 인생에서 '터닝 포인트'를 찾아내고
　　그 장면을 묘사한다.**
　**② 변곡점을 시간 순으로(혹은 사건 순) 나열한 다음
　　어떻게 현재의 모습으로 귀결됐는지 그려 낸다.**
　**③ 사회적 메시지를 함축해 인터뷰 멘트와 멘트 사이
　　에 삽입한다.**

　시간 순서에 얽매일 필요는 없다. 중요한 장면을 묘사
하면서 시작하는 것도 훌륭한 선택이다. 다만 기준과 원
칙은 필요하다. 사건의 중요도 순으로 배열하더라도 읽
는 사람의 시선을 무시해서는 안 된다. 독자의 시각에서
전체적인 내용을 쉽게 이해할 수 있도록 쓰는 게 좋다.

　너무 잘 써 주려는 욕심에 미사여구를 남발하면 '용비
어천가'가 된다. 사실적 묘사의 범주를 벗어나서는 안 된
다. 감정의 개입은 절제하는 것이 좋다. 짧은 인터뷰도
작성방법은 대동소이하다. '변곡점(터닝 포인트)'을 찾아

내고, 대상자의 현재 상태와 연결 짓기'가 요체다. 인터뷰 기사를 잘 쓰기 위해서는 ① 인터뷰 대상자를 잘 선정해야 하고, ② 사회를 향한 메시지를 이끌어 내는 질문을 던져야 하며, ③ 인터뷰 대상자의 워딩을 가독성 있게 윤문하고, 배치해야 한다.

　기자마다 선호하는 인터뷰 대상이 다르다. 하지만 지향하는 가치와 방향성이 같으면 인물에 호감이 생기고, 정성껏 쓰게 된다. 거듭 강조하지만 상대를 존중하며 배려해야 한다. 글솜씨만으로는 기자로 살아남지 못한다. 업의 본질에 집중해야 한다. 법률가 중 법의 정신에 입각하지 않고 기교만 부리는 사람을 '법기술자', '법꾸라지'라고 한다. 글 짓는 재주를 가지고 영혼 없이 기사를 쓰면 '기레기'가 된다. 기자는 누구든지 인터뷰 대상을 영웅으로, 또는 나쁜 사람으로 만들 수 있다. 곡절 없는 사람 없고 사연 없는 무덤 없다.

15. 백 마디 말보다 사진 한 컷이 낫다

1945년 9월 27일. 쇼와 덴노^{昭和天皇, 1901~1989}는 서양식 예복을 갖춰 입고 미 대사관을 찾아 맥아더 장군을 예방했다. 둘은 나란히 서서 사진을 찍었다. 캐주얼한 군복에 여유 있는 표정을 짓고 있는 맥아더와, 긴장한 표정으로

쉬운 기사 작성법

부동자세를 취한 쇼와 덴노의 모습이 극명하게 대비됐다. 승자와 패자로 나뉜 양국의 모습을 대표하는 듯했다. 이 모습을 굴욕으로 여긴 일본 내각은 사진 배포를 꺼렸다. 하지만 연합군 최고사령부(GHQ)는 보도를 강행했다. 결국 9월 29일 일본의 주요 일간지 1면이 해당 사진으로 뒤덮였다.

사진을 본 일본 국민은 충격에 휩싸였다. 전쟁 기간 내내 덴노는 '살아 있는 신(神)'으로 추앙받으며, 권력과 종교의 구심점 역할을 했다. 모든 권력에 정당성을 부여하는 원천이자, 전쟁의 명분을 제공하는 시원적 존재였다. 하지만 맥아더 옆에 서 있는 초라한 신사는 신도, 초인도 아닌 평범한 은행원 같은 모습이었다. 만세일계(萬歲一係)를 이어 왔다는 신화적 존재의 허상이 낱낱이 드러나는 순간이었다.

덴노를 신으로 여기는 샤머니즘적 신토(神道)는 일본 군국주의의 뿌리가 됐다. 이러한 논리에 따라 일본군은 천황의 군대를 뜻하는 '황군'으로, 제국주의 침략 전쟁은 '성전'으로 불렸다. 항복을 받아낸 미국은 일본 대중 속에 깊숙이 자리한 미몽을 하루빨리 깨뜨려야 했다. 이러한 목적에서 GHQ는 맥아더와 쇼와 덴노의 사진을 연출

했고, 이를 대대적으로 배포해 목표를 달성했다. 이듬해 1월 쇼와 덴노는 자신은 신이 아니라 인간에 불과하다는 이른바 '인간 선언'을 했지만, 사진만큼 강력한 효과를 내진 못했다.

백 마디 말보다 한 컷의 사진이 더 위력적일 때가 많다. 이미지는 직관적이다. 그리고 휘발성이 강하다. 글은 텍스트를 읽고 해석하는 과정을 거쳐야 한다. 하지만 사진을 그렇지 않다. 시각 정보에 입력되는 순간 곧바로 심리에 영향을 끼친다. 메시지 전달력에서 사진은 글보다 우위에 있다. 따라서 이미지가 있는 기사와 그렇지 않은 기사는 차이가 크다.

2017년 11월 15일 경북 포항 인근에서 진도 5.4의 지진이 발생했다. 피해가 컸는데, 나는 법원과 검찰청사가 어떤 상황이었는지 궁금했다. 지역 취재원들이 지진이 일어나던 상황을 구체적으로 설명했지만, 머리에 그림이 떠오르지 않았다. 그때 누군가 두 장의 사진을 보내왔다. 포항지원 청사 내부 천장이 내려앉은 장면이었다. 사진을 단신과 함께 출고했더니 반응이 폭발적이었다. 나중에 사진을 직접 촬영한 당사자가 해당 사진을 내려 달라고 말해 삭제하기는 했지만, 새삼 사진의 힘을 실감할 수 있었다.

신문사에서 방송국으로 직장을 옮긴 적이 있다. 같은 기자 역할이었지만 이직이 아니라 전직(轉職)이라는 표현을 쓸 정도로 간극이 컸다. 방송은 '그림'이 중요하다. 영상이 나와야 하기 때문에, 그림이 없으면 리포트 출고가 불가능하다. 신문의 데스크가 기자들에게 "그거 말이 되는 내용이냐"라고 물었다면, 방송국 데스크는 "그거 그림 좀 되냐"라는 말을 달고 살았다. 방송기자는 항상 '그림'을 염두에 두고 리포트를 작성해야 한다. 처음에는 적응이 잘 되지 않았다.

"내용이 중요하지, 그림이 도대체 뭔 상관이람."

영상기자와의 생각 차이도 극복해야 할 과제였다. 방송카메라 기자는 영상과 그림을 중심으로 동선을 짠다. 취재기자가 이러한 특성을 이해하지 못하면 엇박자가 난다. 신문은 텍스트가 중심이다. 취재 내용을 간결하고 설득력 있게 전달하는 데 집중한다. 특히 신문기자는 이미지를 사진기자나 인포그래픽 담당자에게 맡겨 놓고 소홀하게 취급하는 경향이 있다.

하지만 시간이 지날수록 그림의 중요성을 절감했다. 사진이나 영상이 좋을수록 확실히 기사가 잘 읽혔다. 백 번 가다듬은 글보다 잘 찍은 영상 한 꼭지가 훨씬 더 높은 영향력을 발휘했다. 남들에게 없는 독자적 내용을 그림에 담을수록 효과가 배가됐다.

경찰이 모의 총포를 단속한 뒤 방송기자들을 불러 꼭 보여 주는 장면이 있다. 개조된 에어건 중 가장 위력이 높은 것을 고른 뒤 쇠구슬을 넣고 쏘아 맥주병이나 소주병을 깨뜨리는 장면이다. 이 영상을 본 일반 시민들은 "역시 비비탄총은 위험해"라는 편견을 갖는다. 이 때문에 실제로는 전혀 위험하지 않은 저위력 에어소프트 건조차 불법적인 모의 총포로 둔갑하게 된다.

그런데 신문기자가 경찰 시연 장면을 글로 옮긴다면 어떨까. 뛰어난 '글빨'을 가진 기자가 아무리 정교하게 묘사해도 짧은 클립 영상 한 꼭지를 이길 순 없다. 이것이 이미지(영상)의 힘이다. 직관성 높은 이미지의 위력을 체감한 다음부터는 기사를 쓰면서 알맞은 사진과 그래픽을 염두에 두는 습관이 생겼다.

사진은 텍스트와 분리된 독자적 콘텐츠다. 기사 내용 못지않게 영향력이 강하다. 언론이 의도를 갖고 사회 현

10.29. 이태원 참사 현장을 찾아 추모하는 군인.
2022.11.01. 남가언 기자 촬영

상을 전달하려 할 때도 주로 사진을 이용한다. 2010년 11월 발생한 연평도 포격사건 당시 주요 일간지에 게재된 포격 사진을 하나씩 살펴보면 어떤 맥락인지 쉽게 이해할 수 있을 것이다. 보도 매체의 논조와 정치 성향에 따른 차이가 확연히 드러난다.

기자는 어떤 이미지를 사용해야 기사의 파급력이 높아질 수 있을지 늘 고민해야 한다. 언론사진은 사실 기록에 충실하면서 내용을 정확하게 전달해야 한다. 새롭고 창의적이어야 하며, 기록할 만한 가치가 있어야 하고, 핵심

주제가 명확하면서도 극적 요소가 잘 드러나야 한다.[9]

출퇴근길이나 여행 등 일상 속에서 '좋은 그림'이 있다면 계속 촬영하는 습관을 가져야 한다. 언제든지 기사에 활용할 수 있다고 가정하고 양질의 콘텐츠를 확보하기 위해 노력해야 한다.

보도사진의 핵심은 '맥락(context)'과 참신성이다. 기술적인 측면보다는 사진 자체에 녹아들어 있는 내재적 메시지에 집중해야 한다. 피사체와 구도, 주변 환경이 어우러져 하나의 맥락을 형성해야 한다.

이 사진은 2023년 7월 4일 오전에 담배를 피우다 찍은 사진이다. 먹구름 아래 서울중앙지검과 서울고검 청사가 보인다. 전면에는 녹슨 난간이 놓여 있다. 여기서 어떤 메시지를 뽑아낼 수 있으며, 또 어떤 기사에 활용이 가능할까?

---

9) 이병훈, 『포토 저널리즘』 나남출판, 2009.

쉬운 기사 작성법

어두운 먹구름과 검찰청사, 그리고 녹슨 난간이라는 각각의 오브제^{objet}가 모여 우울한 미장센$^{mise-en-scène}$을 연출하고 있다. 촬영 당시 '인사 적체로 시름에 잠긴 검찰 수사관' 등의 기사 제목을 떠올리며 찍었다. 각각의 피사체가 표상하고 있는 이미지가 한데 어우러져 발산하는 독특한 아우라를 포착했다.

인터뷰 사진은 생동감이 핵심이다. 졸업사진을 찍듯이 경직되어 있거나 작위적인 연출은 피해야 한다. 인물의 표정과 제스처, 그리고 텍스트의 주제와 일치하는 장면을 잡아야 한다. 시선 처리에 주의하면서 손짓과 표정에서 자연스러움이 묻어나는 게 좋다. 좋은 사진은 대체로 인터뷰 대상이 사진을 의식하지 않고 대화에 몰입하고 있을 때 나온다(캔디드 샷).

피사체의 미묘한 표정 변화를 잡아내기 위해서는 다양한 각도에서 찍는 것이 좋다. 촬영 후 보정작업도 필수다. 인터뷰 기사를 내야 하는데, 사진기자가 없고 촬영에 자신이 없으면 차라리 사진을 보내 달라고 요청하는 게 낫다. 그러면 알아서 '인생샷'을 보내오기도 한다.

개인적으로는 장철영 전 대통령 전속사진사가 찍은 노무현 대통령 사진을 좋아한다. 저작권 문제 때문에 책에 담지는 못했다. 노 대통령이 청와대에 앉아 담배를 피우며 연설문을 들여다보는 사진인데, 인터넷 검색을 통해 쉽게 찾을 수 있다. 노 대통령은 서민적이고 주관이 뚜렷하다는 이미지를 가지고 있다. 소박하게 담배를 입에 물고 있는 장면은 서민적 느낌을, 침착한 눈빛으로 직접 쓴 연설문을 검토하는 장면은 주체적 느낌을 준다. 너무 자연스러워서 이후 노 대통령을 상징하는 사진 중 하나가 됐다.

필드 사진은 현장감이 중요하다. 앵글과 피사체와의 거리 등에 따라 전체적인 맥락이 달라질 수 있다. 꾸준히 연습해 촬영 포지션과 셔터 찬스를 체득할 필요가 있다. 실제로 현장에 가면 사진 기자들이 서로 자리다툼을 하는 장면을 많이 본다. 좋은 구도를 잡을 수 있는 '명당'을 선점하기 위한 경쟁이다.

사진술은 암묵지[10] 성격이 강하다. 백 마디 설명보다 좋은 사진을 직접 보면서 스스로 감을 잡아야 한다. 다행히 훌륭한 현장 사진을 볼 수 있는 곳이 많다. 한국사진기자협회(KPPA)는 매달 '이달의 보도사진상'을 선정해

---

10) 개인에게 체화되어 있지만 언어나 문자로 설명하기 어렵고, 겉으로 드러나지 않은 지식.

쉬운 기사 작성법

발표한다. 각 언론사에서 찍은 보도사진 중 뛰어난 작품
을 엄선한다. 역대 수상작은 검색하면 인터넷에서 쉽게
찾아볼 수 있다. 찬찬히 살펴보며 숙지하면 어떻게 찍어
야 하는지 센스를 키울 수 있다. 역대 퓰리처상 수상작들
을 찾아보는 것도 좋다. 사진도 글과 똑같다. 많이 보고
많이 찍어야 실력이 는다. 지름길은 없다.

쉬운 기사 작성법

16. 칼럼 잘 쓰는 법

"대치동에 있는 논술학원에 가니, 현직 신문 기자가 강사로 나왔다. 기자는 박봉이라 생계형 '알바'를 뛴다며 멋쩍은 웃음을 지었다.

그는 호르크하이머와 마르쿠제, 존 롤스의 이론을 압축한 프린트를 나눠줬다. 원전을 읽지 않고도 '읽은 것처럼' 흉내 내는 글쓰기를 가르쳤다. 덕분에, 나는 책 한 권 읽지 않고 공맹사상과 현대철학에 대해 아는 체를 할 수 있었다. 나중에는 내가 진짜로 맹자(孟子)를 읽었는지, 안 읽었는지 헷갈릴 정도였다."

– 『순수문학』 2023년 8월호, 단편소설 「기관원」 중

우리나라 교육은 입력에 강하고, 출력에 약하다. 학창 시절 내내 읽고, 암기하고, 주어진 문제를 시간 안에 풀도록 교육받는다. 학생들은 분초 단위로 객관식 문제의

정답을 맞힐 수 있도록 훈련받는다. 하지만 자기 생각을 발양하고, 이를 머리에서 끄집어내고, 조리 있게 펼칠 능력은 부족하다. 대입시험에 논술고사가 있지만, 앞의 소설에 묘사된 것처럼 수능시험 끝나고 부랴부랴 급조하는 경우가 대부분이다. 채점자들도 이를 알기 때문에 논술을 요식행위로 치부한다. 우리나라 글쓰기 교육이 몰락한 원인 중 하나다.

이런 교육 시스템은 수동적 인재만 양성한다. 창의성과 입체적인 사고능력이 확장될 여지가 없다. 사고력은 빈곤한데, 그렇지 않은 척하는 포장하는 잔기술만 는다. 합리적인 의사소통과 설득력 있는 말하기·글쓰기보다는, 올망졸망 비슷한 수준끼리 떼 지어 다니며 기울어진 생각을 강화하는 데 몰두하게 된다. 결국 세대·성별·지역·종교·정치 성향에 따른 생각 차이를 좁히지 못하고, 서로를 향한 증오와 경멸감만 확산한다. 이것이 우리 사회가 점점 강퍅해지고 있는 근본 배경이다.

전문직 종사자의 사정도 별반 다르지 않다. 이미 오피니언 리더나 중견간부 자리에 올랐으나, 자기 생각을 조리 있게 표현할 줄 몰라 쩔쩔맨다. 글쓰기 훈련을 체계적으로 받지 않았기 때문이다. 칼럼은 주관적 견해를 공론의 장에서 드러내는 역할을 한다. 글에 설득력이 있으면 지지를 얻고, 그렇지 않으면 스쳐 지나간다. 글을 보면 품격과 깊이를 가늠할 수 있다. 말주변이 좋고, 훌륭한 외모를 갖추고 있어도 글을 못 쓰면 사회에서 인정받기 어렵다.

서구사회와 우리나라의 엘리트 교육에서 가장 두드러진 차이를 보이는 지점이 바로 글이다. 유럽과 영미권 국가는 글쓰기 교육을 강조한다. 인문 지식을 바탕으로 자신의 생각을 설득력 있게 전달하는 글쓰기 능력을 리더와 시민의 핵심 소양으로 여긴다. 학창 시절부터 객관식 시험에서 1~2점 높이기 위해 몰두하기보다 철학과 예술, 사상의 저변을 넓혀 주기 위해 노력한다. 프랑스의 대입 시험인 바깔로레아(Baccalaureate)도 이러한 토대 위에 만들어졌다. 나폴레옹 시대에 도입된 바깔로레아는 8개 분야로 나뉘어 치러지는데, 이 중 철학시험 비중이 가장 높다.

'사랑이 의무일 수 있는가.'
'꿈은 필요한가.'
'신이 없다면 모든 것이 가능한가.'

'철학이 세상을 바꿀 수 있는가.'

수험생들은 위와 같은 주제에 대해 4시간 동안 15페이지 안팎의 답안을 작성해야 한다. 자기 생각이 오롯이 담긴 소논문 한 편을 완성하는 셈이다. 바깔로레아 시험에서 20점 만점에 10점 이상 받으면 원하는 국공립대학에 진학할 수 있다. 프랑스의 저력은 이처럼 철학과 글쓰기에 뿌리를 둔 교육 제도에서 기인한다.

기자들도 칼럼을 써야 하는가? 당연히 써야 한다. 평기자 시절에는 기자수첩, 취재수첩과 같은 현장 칼럼을 쓰고, 후에는 자신의 이름을 내건 논설이나 오피니언을 집필할 수도 있다. 문학적이고 감각적인 글이 아닌, 탄탄한 논리와 근거를 가지고 독자들의 공감을 얻어야 한다. 분량은 통상 1,000~1,500자(字) 안팎이다. 200자 원고지로 5~7매 분량이다. 언론사의 얼굴마담 역할을 하는 대표 칼럼이나, 외고는 2,000자를 넘기기도 한다.

처음 칼럼을 쓰게 되면 당황하기 쉽다. 익숙한 포맷이 아니어서 긴장감이 더 커진다. 왠지 거창하게 써야 할 것 같은 느낌도 든다. 하지만 설득력 있는 글에 웅장한 수사는 필요 없다. 논증이 정확하고, 근거가 또렷하면 그만이

다. 겉치레는 불요불급(不要不急)하다. 경험이 부족하다면 다음과 같은 공식에 따라 작성하는 것도 좋다.

① 두괄식 칼럼: 도입(주장)-근거-사례-주장 강화-결론
② 중괄식 칼럼: 도입-설명-주장-주장 강화(근거)-결론

둘 다 5문단 구조를 활용한 논술문 양식이다. 두괄식 칼럼의 도입부는 논제를 함축하는 상황을 간략하게 서술하고 그것에 대한 의견(주장)을 선명하게 드러낸다. 의견을 제시할 때 톤 조절은 필수다. 주장의 강약을 잘 조절해 독자들이 거부감을 갖지 않도록 해야 한다.

우리나라를 포함한 아시아권에서는 직설화법을 꺼리는 경향이 있다. 과거에는 수위 조절을 통해 에둘러 표현해야 품격 있는 글이라는 평가를 받았다. 지적도 직설적이지 않고 동서고금의 고사(古事)를 인용해 간접적으로 비판하는 방식을 선호했다. 하지만 최근에는 기조가 바뀌었다. 주장이 뚜렷하고, 구체적인 근거를 제시해야 좋은 글로 인정받는다.

중괄식 칼럼은 서두에서 상황을 설명하거나 예화를 들며 화두를 던지고, 문단 중간에 주장을 넣는 방식이다.

두괄식 칼럼이 '머리 베기'라고 한다면, 중괄식 칼럼은 '허리 베기'다. 동성애나 노조 문제, 젠더이슈와 같이 의견 대립이 첨예한 논란을 언급할 때 주로 활용된다. 주의를 환기하면서 주장의 당위성을 뒷받침할 수 있는 복선을 곳곳에 배치해 의견에 힘을 싣는다. 중괄식 칼럼은 문두에서 독자의 시선을 확실하게 붙들어야 한다.

경력 법관의 재개업과 수임 제한 필요하다

(1) 18일 조재연 대법관과 박정화 대법관이 6년간의 임기를 마치고 법원을 떠났다. 이날 두 대법관은 퇴임사를 통해 낮아진 사법 신뢰를 하루 빨리 회복해야 한다고 입을 모았다. 방법론은 달랐지만, 법원을 바라보는 냉랭한 시선을 극복해야 한다는 공통분모가 있었기에 울림이 적지 않았다.

(2) 경력 법조인을 법관으로 임용하는 법조일원화제도가 시행된 지 10년이 지났다. 다채로운 배경을 가진 인사를 영입해 폐쇄적·관료적 법원 문화를 개혁하고 넓고 깊은 시야를 탑재하기 위해서 도입됐다. 하지만 제도가 도입 취지에 걸맞게 운용되고 있는지에 관해서는 의문이 제기된다.

(3) 지난 14일 대한변호사협회와 법원행정처 등은 '법조일원화의 성과와 과제' 심포지엄을 열었다. 이날 김주영 변협 법제연구원장은 법관 지원이 활발하게 진행되고 있다는 점에 대해 긍정적으로 평가했다. 그러나 경력 법관들의 출신과 배경이 대동소이해 다양성 강화에 기여하

지 못하고 있는 점이 아쉽다고 했다. 법원이 아직 '스테레오 타입'에서 탈피하지 못한다는 취지다.

(4) 김 원장은 법원이 조직 문화와 관행을 돌파하지 못하면 더 큰 부작용이 따를 수 있다고 우려했다. '재판연구원-대형 로펌 고용 변호사-판사-대형 로펌 파트너 변호사'라는 새로운 순혈 고리가 생길 수 있다는 것이다. 자칫하면 전관·후관예우 현상이 중첩될 수 있는 데다, 재판의 공정성마저 의심 받을 수 있다. 그는 "결국 경력 법관들이 '정년까지' 얼마나 남아 있느냐가 제도의 성패를 가를 것"이라고 강조했다.

(5) 일선 변호사들의 생각도 크게 다르지 않다. 변협이 심포지엄을 앞두고 실시한 회원 대상 설문조사에서 응답자의 77.7%(802명)가 "경력 법관의 재개업 제한 또는 수임제한 강화 조치가 필요하다"고 답변했다. 중견 법관이 '몸값'이 최고조에 이를 때 법대(法臺)를 떠나 로펌으로 적을 옮기는 악순환이 또다시 반복될 수 있다는 걱정 섞인 목소리가 나온다.

(6) 기본권을 두텁게 보호하고 국민들의 권리를 신속하게 구제할 수 있는 효율적인 사법제도는 사회 발전을 견인하는 핵심 요소다. 그중에서도 재판의 염결성은 사법부의 존재 의의와 맥락이 닿아 있다. 내용과 절차에서 빈틈을 보이면 안 된다.

(7) 정년까지 안정적으로 봉직할 수 있는 처우 개선과 함께, 경력 법관의 재개업과 사건 수임에 대한 균형 있는 조치가 필요하다. 이것이 법조일원화제도가 성공적으로 정착할 수 있는 첩경이다.

- 『법조신문』 2023.07.24.

이 칼럼은 1,171자(字)에 7문단으로 이뤄져 있다. 전형적인 중괄식 구조다. (1)은 도입 문단으로서 조재연·박정화 대법관 퇴임사를 인용해 사법신뢰가 저하된 엄중한 상황을 소개하고 있다. (2)는 설명 문단으로 (1)의 내용을 구체화해 '법조일원화 제도'의 운영 방식에 의문을 제기한다. (3)은 주장 문단이다. (3)에서 필자는 법원이 경력 법관을 채용할 때 고정관념에 얽매여 다양성에 기여하지 못하고 있다고 강조한다. 이 칼럼의 주제 의식이다. (4)와 (5)는 각각 권위자 멘트와 통계수치를 근거로 제시하며 주장을 강화하고 있다. (6)과 (7)은 대안을 제시하며 결론을 맺는다.

글쓰기는 공학적인 측면이 있다. 정형적인 템플릿에 맞춰 논리를 전개하는 것이 가능하다. 숙련된 기자는 소재만 주어지면 짧은 시간 안에 기계적으로 칼럼을 생산할 수 있다. 글재주가 있고 경륜이 풍부한 원로들은 형식에 얽매이지 않고 에세이처럼 칼럼을 쓰기도 한다. 사례와 통찰을 한 번에 섞어서 설명하는 방식이다. 소설가 김훈이 『한겨레』 신문에 기고했던 「거리의 칼럼」이 대표적이다. 하지만 필력만으로 독자를 매료시키는 일은 쉽지 않다. 타고난 문재(文才)에 원숙함이 더해져야 한다.

나는 신참 시절 마음에 드는 칼럼니스트의 글을 오려 붙이고 베끼면서 실력을 키웠다. 이 방법은 지금도 유효하다. 글공부에 왕도는 없다. 구양수^{歐陽修, 1007~1072}가 말했듯이, 많이 읽고(多讀), 많이 쓰고(多作), 많이 생각하는 것(多商量)이 가장 빠른 길이다.

　세상에 공들여 나오지 않는 문장은 없다.

어쩌다 기자가 된 사람을 위한

쉬운 기사 작성법

ⓒ 신성민, 2023

초판 1쇄 발행 2023년 11월 29일

지은이	신성민
펴낸이	이기봉
편집	좋은땅 편집팀
펴낸곳	도서출판 좋은땅
주소	서울특별시 마포구 양화로12길 26 지월드빌딩 (서교동 395-7)
전화	02)374-8616~7
팩스	02)374-8614
이메일	gworldbook@naver.com
홈페이지	www.g-world.co.kr

ISBN 979-11-388-2531-3 (03800)

· 가격은 뒤표지에 있습니다.
· 이 책은 저작권법에 의하여 보호를 받는 저작물이므로 무단 전재와 복제를 금합니다.
· 파본은 구입하신 서점에서 교환해 드립니다.